# VEXILLE ベクシル
## my winding road

谷崎央佳
原案・監修
曽利文彦
イラスト
緒方剛志

LEON
レオン

VEXILLE
ベクシル

"INVISIBLE INFERNO"
"見えざる炎"
KUNIO TANAKA
"Terminal Man"
"無国籍人間" クニオ・タナカ
TASUKU ONODERA
"Terminal Man"
"無国籍人間" タスク・オノデラ
Dr.ROBERT BROWN
ロバート・ブラウン博士

LAURA
ローラ

my winding road......

# 1

　火線をかいくぐり、走る。背中の噴射口から吐きだされる超高圧空気が地面を叩《たた》き、砂埃《すなぼこり》を舞いあげる。

　赤茶けた岩肌が陽光をはねかえす岩場を、地上五センチの超低空で飛ぶ。廃墟化《はいきょか》した構造物の裏手にまわりこむ。すぐとなりには、あたしの僚機がぴったりくっついてきてる。

『Ａ《アルファ》－１《ワン》から全隊員へ告ぐ！　フォーメーション６《シックス》！　敵戦力はわが方の四倍！　扇状に散開して、一体ずつ敵ロボットをおびき出し、ふたりがかりで仕留めろ！　繰り返す、一体ずつふたりがかりで仕留めろ！』

　フィードバック信号が音声変換され、あたしの鼓膜に突き刺さる。

「ふん……」

　声がＨＵＤ《ヘッド・アップ・ディスプレイ》内にこだまする。簡易催眠で脳に焼きこまれている野戦反応ブースターをキック。

「お先っ！」

『あ！　ベクシル、またっ！』

インカムが伝えてくる僚機の狼狽《ろうばい》の声を尻目に、突撃銃《アサルト・ライフル》の引き金を絞りながら、斜めに駆ける。

不用意に高みへ出たら、地対空ナイキ・ミサイルや対空砲火の餌食《えじき》だ。推進剤《スラスター》を駆動系にぶちこみ、地面すれすれを滑空しつつ、出力をあげていく。Gが圧力を増し、あたしの骨格を炙《あぶ》る。

アラーム音。HUD《ヘッド・アップ・ディスプレイ》に敵を示す赤いアイコンが多数表示される。

ひょろ長い八本の手足を持つ、巨大な蜘蛛《くも》を模したフォルムのロボット。巨大な蟹《かに》をモチーフにしたロボット。角やノコギリを持つ、甲虫型のロボット。それらの敵が、身体に格納したバルカン砲、ミサイルランチャー、大口径ビーム砲、キャノン砲……大小さまざま、おびただしい数の重火器類を、そろいもそろってその砲門をあたしに向けていた。

『A《アルファ》‐7《セブン》！　なぜこちらの指示を待たずに簡易催眠に入った！　僚機のA《アルファ》‐6《シックス》と合流しなお……』

やかましくがなりたてるインカムは轟音《ごうおん》にかき消される。飛び交う火線。爆炎が視界をさえぎる。塹壕《ざんごう》から丘陵の陰へと疾駆するあいだ、突撃銃の弾薬すべてと引き換えに赤いアイコンを七つ減らす。

地肌を背にしつつ、突撃銃をその場に放棄。左足にマウントされたリボルバーを抜く。

生身の身体で撃ったりしたら一発で全身の骨が砕けてしまいかねないバケモノ銃だ。片膝《かたひざ》をついた姿勢から半身だけ出し、銃撃。二体の敵ロボットが紫電に絡みつかれ、一瞬後には炎の衣に包まれる。よおし、ここまでは完璧《パーフェクト》っ！

ヘルメットに内蔵されている脳波増幅器があたしの脳波を捉《とら》えて電気信号に変え、それをコンピュータが解析し、あたしが欲しがってる戦場のステータス情報を網膜に映しだす。あたしの筋電流を読み取り、膂力《りょりょく》や瞬発力を何倍にも増幅させる。

特殊積層セラミックでコーティングされた装甲は、防弾・防刃・防炎・防水機能を誇り、いかなる地形での戦闘も可能にする。

そう——あたしが全身にまとっているのは、最新鋭の科学技術の粋、そして特殊部隊ＳＷＯＲＤの真価たる武装兵器、ファイタースーツなのだ。

アラートだらけのディスプレイに、ぽつぽつと緑色の光が点灯しだす。味方を意味するアイコンだ。あたしよりずっと後方に位置してる。インカムの指示にバカていねいに従い、扇形に広がって、のろのろ近づいてくる。

遅い、遅すぎるっ！　祭りはとっくにはじまってるのよ……！

ホワイトノイズと怒声とを垂れ流しにしつづけていたインカムがふいにクリアになる。

『Ａ《アルファ》－１《ワン》からＡ－７へ！　いったいなにをやってる、すっかり敵に囲まれているぞ！　すみやかに後退し、ブリーフィングどおりのフォーメーション６《シックス》に加わ……』

撃ち尽くしたリボルバーががちゃりと大地に落ちる音をうしろに振り捨て、赤い光点の群れのまっただなかへ。

鋭く低い跳躍から、一気に蜘蛛《くも》ロボットの眼前に躍り出る。蜘蛛ロボットは関節駆動音を鳴らしてあとずさり、気門から大量のエアを取りこんだ。

至近距離からの、左肩にマウントしたパイルバンカーの炸裂《さくれつ》。反動があたしの全身を蹴飛《けと》ばす。炸薬によって撃ちだされた杭《パイル》は蜘蛛ロボットのどてっ腹をえぐり、一瞬にしてスクラップに変える。質量のある薬莢《やっきょう》が土埃《つちぼこり》を舞わせ、地面に転がる。

背後からサソリ型ロボットが距離を詰め、鋼鉄の尾をあたしの頭上に振りかざしていた。横に飛びのいてかわしざま、組みあわせた両拳《りょうこぶし》を力まかせに甲殻《こうかく》に叩《たた》きつけ、369KGの衝撃を加圧。ひしゃげた装甲は紫電を放ち、爆発した。

ぞくぞくするような愉悦。ロボットなんかクソ食らえだ。どいつもこいつもぶっ壊れちまえ……！

あたしが鋼鉄の死をばらまきつづけているあいだに、ようやく味方が追いついてきた。火線の雨が敵ロボット群を舐《な》め、敵の注意があたしから逸《そ》れはじめる。

「みんな、遅いよ！　悪いけど獲物はあらかた狩りつくした！　せいぜいがんばってあたしのおこぼれを拾いな！」

駆けめぐるアドレナリンにまかせた野次が、喉《のど》からほとばしった。

ハンガーがわりの移動用特殊車両でファイタースーツを脱いだあと、あたしたち第一小隊の十六名は横一列に整列させられた。

あたりには遠雷のような爆音が轟《とどろ》いている。このSWORD第一屋外演習場では、二十四時間、さまざまな状況を想定しての訓練が行われている。フェンスの向こう側では、豆粒大の訓練生たちが腕立て伏せを繰り返していた。同じメシを食って同じ訓練を受けてる第三・第四小隊の同期生たちだった。

スーツを着用していたときの全能感の余韻がたまらなく心地いい。今にもトリップしそうなぐらい。

「ベクシル、前へ出ろ」

「……」

頬《ほお》から空気を抜き、膨らませていたガム風船を口内にしまいこむ。

「ベクシル……」

脇を肘《ひじ》でつつかれ、小声で囁《ささや》きかけられる。あたしのルームメイトにして、さっきの演習であたしの僚機をつとめていたローラだった。

あごをぐっと引き、足を一歩ぶん前に踏みだしたあたしに、指導教官の鋭い眼光が突き刺さる。

「あれはなんのまねなのか、説明してもらおう」

歳《とし》のほどは二十代なかばほど。短く刈りこんだ頭髪。意志の強さを感じさせる太い眉《まゆ》。涼しげで切れ長の目元。直線的な鼻柱。がっしりしたあごの線。百六十五センチあるあたしより頭ふたつは背が高く、体の厚みは倍以上。鋼線を束ねたような筋肉の蓄積が、SWORDの隊服の上からでもうかがえる。そのくせ、汗くささやがさつさのようなものはない。

たくましさと知的さとがいい感じに同居してて、まあ悪くない男っぷりね——特殊部隊SWORDの中尉であり、三か月間のみの特別教官としてSWORD訓練施設に赴任してきたレオンという男は、あたしにそんな印象を与える人物だった。

「説明っていうと?」

「ガムをくちゃくちゃ噛《か》みながら応答するのが目上の者に対する礼儀か? 今すぐ吐きだせ」

ぴたり、と咀嚼《そしゃく》を中断。ごくり、と喉《のど》が鳴る。

「これでOK?」

レオン教官は目を閉ざして眉根を寄せ、ひどく作為的なため息をもらした。

「……俺《おれ》は、本日の模擬演習におけるきみの身勝手なふるまいに対し、釈明を求めている。答えたまえ」

「チーム全体としては、戦力差四対一をひっくり返しての完勝。あたし個人で言えば、撃破数二十四、スーツ損傷率三・四%。戦績じゃダントツのトップ。このどこが、気に入らないって

言うの？」

「きみがおこなったのは、作戦行動ではない。ただの局地戦だ。もっと言うなら暴走だ」

「あたしはそうは思わないけど。あたしが楔《くさび》がわりとなり、最前線へ出て敵の注意を惹《ひ》きつけ、敵戦力を削《そ》いだからこそ、他のみんなも力を揮《ふる》えたんじゃない？」

「……なるほどな。前任のダグラス大尉から話は聞いていたが、それがきみのやり口か」

レオン教官は渋い顔つきでそう言った。

あたしはとりたてて正義感の強い人間ではない——まあ、これは謙遜《けんそん》ね。職業柄、そこは「人一倍」って称しておくか。

でもって、倫理観や道徳観念もさほど強いとは思わない。人生に対する独創的な哲学も持っていない。

ただ、ひとつだけゆずれない主張がある。

それは、誰かの背中を見るのがイヤだってこと。誰かに負けることがイヤでイヤでたまらないってこと。

だから、もういちど人生を繰り返せば、おそらく同じとこにたどりつくだろう——七十年くらい前まで世界最強の特殊部隊といわれていた英国のＳＡＳを凌駕《りようが》する、米国の極秘任務用特殊戦略部隊ＳＷＯＲＤの訓練生っていうポジションに。

でもなきゃ、ＮＡＳＡに入って宇宙船のパイロットをめざしてるはずだ。——もっともこっちは、九年前のあの事件がなけりゃって話になるけど。

「きみの優れた成績は俺《おれ》も認めている。だが、SWORDは組織であり、集団であって、個人ではない。組織の一員となれない者――スタンドプレイしかおこなえない者は淘汰《とうた》される」

「あたしを淘汰？　あらまあ！　できるの、そんなこと？」

下からレオン教官の顔をのぞきこむと、たじろがない瞳《ひとみ》があたしを見返した。

「俺は今まできみが接してきた教官とはちがう。今後は勝手なまねは許さない。そう心がけておけ」

「ふん……」

まったく、こいつときたら。あたしがここじゃなんて呼ばれてるか知ったうえでケンカふっかけてきたってわけ？　いい根性じゃんか。

売られたケンカは残らず買うのがあたしの主義だ。このレオンとかいう二枚目も他の教官同様、絶対にその鼻っ柱をへし折ってやる！

# 2

はっ――と上体を起こした。テーブルに広げた教本の見開きが、微量の唾液《だえき》で湿っていた。わ、ばっちい。ナプキンで拭《ふ》いとこ。

この四人掛けのボックス席を占めるのは、あたしひとりだった。

テーブル上の携帯端末で時刻表示を確認すると、もう二十時五十四分になってた。SWORD訓練生の寮の門限は二十二時。そろそろ帰らなくちゃなぁ。

ダウンタウンのシビックセンター駅近くにある行きつけのバイクショップで、恒例の月一メンテナンスをしてもらった帰りだった。集中して一気に学科のレポートを片づけてしまおうと、表通りから一本奥に入った道で、駐輪場に空きのあるシアトル系カフェを見つけ、席についたんだけど……。

ノートPCを手元に寄せて、っと……。振動でマウスカーソルがぶれ、深海魚が優雅に銀《ぎん》鱗《りん》をひらめかせていたスクリーンセーバーが切れる。

「げっ……」

なんだこりゃ。ほんの数行しか進捗《しんちょく》してないじゃんか。

あっちゃー。これだったら寮でローラの小言を聞きながら作業してたほうがマシだったなぁ……。

眠気が遠ざかり、かわって不快感が押し寄せてくる。

原因はあの男――レオン教官だ。

あいつ、赴任初日だってのに、学科の戦術理論の講義で、どっさりとレポート作成を命じてきたのだ。特に脳みそに負担のかかる作業じゃないかわりに、物量がハンパじゃなかった。

それともこれは、ＦＣ《ファイタースーツ・コンバット》――ファイタースーツを着ての模擬戦――のときの意趣返しってわけか？　あんちくしょう。

あたしの異名は、「教官殺しのベクシル」。

ＳＷＯＲＤ訓練生になって今年で二期目に入るけど、これまであたしを凹《へこ》ませられた教官はひとりとしていない。講義で些細《ささい》な言いまちがいでもあればそれをずけずけ指摘し、揶揄《やゆ》し、あげつらう。

模擬戦では、立案された作戦に従わず独断で動き、想定された戦果以上の数字を弾きだす。学科・実技テストやレポートの成績にしたって、Ａプラス以下は取ったことがない。

あたしは実力一点主義で、偉そうにふんぞり返る教官たちの顔に泥を塗りたくり、同期の訓練生たちに大差をつけ、ぶっちぎりでトップをひた走っていたのだ。

だから、今度のレポートでも、レオン教官がぐうの音も出なくなるほどのクオリティの高いやつを提出してやろうって意気込んでた。

ってなわけで、こちとらハンニバルのローマ侵略からアメリカのイラク攻撃に至るまで資料を集めねばならず、電子書籍やホームページとずっと首っ引きだった。

いや、首っ引きになるはずだったんだけど、この惨状は……なんともはや。とっとと帰って、時間のロスを埋めなきゃ。

帰り支度、帰り支度……ノートPC、携帯端末、教本をバックパックに詰めて、っと……。

おっと、コーヒーがまだ半分以上残ってるじゃん。カフェインをちょいとばかり補給……んげっ！　昔の探偵小説風に評するなら、「泥水みたいな苦さ」ってやつだ。冷めきってて酸味が抜けてるし。ったく、自分で自分に追い討ちをかけちゃうなんてお茶目だね、あたしも。

レポートの提出期限は一週間。だからまだ余裕はある。

でも、あたしの場合、大きな課題を与えられたら、それを即座に最小単位に分割して考える。そして最小単位に区切ったそれを、毎日ルーチン的に消化する。こうすれば、どんな膨大な量の課題であろうと、労せずやっつけてしまえる。世の中は勤勉な人間に有利にできているものなのだ。だから、今日できることは絶対に明日には延ばさない。それがあたしのポリシーだった。

店内はがら空《す》きだった。レトロなジャズが時を倦《う》むように流れるなか、電気釜《でんきがま》を逆さにして車輪をつけたような原始的なデザインの清掃用ロボットが通路を往《い》き来している。あたし、ロボットは嫌いだけど、こう微笑《ほほえ》ましい外見だとあんまイヤな気分にはならなかったり。いかにもハイテク然としたのには唾《つば》を吐きかけてやりたくなるけど。

「やれやれ。そんな話を聞かされた以上、もう俺《おれ》もあんたらと一蓮托生《いちれんたくしょう》ってわけか……」

なまりの強い声が耳を打ち、あたしは自然と動きを止めていた。

斜め向かいの席に、いくぶんか白いものの交じった黒の頭髪の後頭部と、よれよれのスーツの背中が見える。その男性が向きあう相手はテーブルの上にいた。四十代ぐらいの白人男性のバストアップが、三次元ホログラフィで携帯端末のディスプレイの上に浮かびあがっていた。亡霊のように宙に漂っている男性の唇が動く。なんかしゃべってるみたいだけど、あたしの耳にまでは届いてこない。

「……わかった。《スミスの家《Smith's home》》だな。DASHでそこに行けば……」

黒髪の男も、あたりをはばかっているような、ぼそぼそとしたしゃべり方だった。

彼はどうやらアジア人のようだった。あたしは学生のころ、ブルース・リーの映画《ホロ》にハマってた時期があったんで、チャイニーズ・イングリッシュだったら一発でわかるけど、そういうアクセントじゃない。ってことは、少なくとも中国人《チャイニーズ》じゃないみたいだけど……。

って、そんなことはどうでもいいっての。さっさと支度を済ませなくちゃ……。

「ふう……俺《おれ》みたいな無国籍人間《ターミナル・マン》は、こんなことをして生計を立ててくほかにねえのか……。わかったわかった、やるよ。やりゃいいんだろう。俺にも妻と子供がいる。来月にはふたりめのガキも生まれるんだ。金が要る」

そこで、秘密めかした囁《ささや》きはとだえた。

脳が、今の会話を反芻《はんすう》していた。

無国籍人間《ターミナル・マン》——。

——二十一世紀初頭、急速に発展を遂げたバイオテクノロジーは、人類に多大な恩恵をもたらした。しかし、その一方で、医療トラブルや新種ウィルス汚染などといった事態が多発し、深刻な社会問題となった。国際連合は協議に協議を重ね、厳格な国際協定をもうけ、バイオ技術の応用を全面的に禁止した。

バイオテクノロジーの発展は、ロボット産業にも革命をもたらしていた。特に日本は、資金力、技術力、生産力の面で世界を大きくリードし、家電から兵器に至るまで、ありとあらゆるタイプのロボットを開発・製造し、市場を独占していた。

マスメディアが騒ぎ立てるところによれば、人間に延命効果をもたらすパーツや、アンドロイドの開発プロジェクトまで進行していたという。

あらゆるバイオ技術の応用を規制するという国際協定に対し、日本は最後まで不服を唱えた。けど、その決定はくつがえることはなかった。

その後、日本がとった行動は、世界中をあっといわせた。

あろうことか、日本は、国際連合を脱退するという暴挙に出たばかりか、日本本土に住まう外国人をひとり残らず強制退去させ、完全な鎖国に踏み切ったのだ。

ひと昔前の北朝鮮のごとく、みずから進んで悪の枢軸《すうじく》となったのである。

それが、かれこれ三年前——二〇六七年の話だ。

以来、突出した科学技術力に裏づけられた情報遮断政策により、秘密のヴェールがかの東洋の島国を覆ってきた。監視衛星の目すら、電子妨害《ジャミング》によって阻まれてしまう状態だった。

この三年のあいだ、日本の実態を目の当たりにした外国人はひとりもいないといわれている。

といっても、日本人だからといって、そのすべてが日本に住んでいたわけじゃない。さまざまな事情から、海外に在住していた日本人だって大勢いる。

三年前、鎖国が決まったさい、彼らは本土に帰るか、海外にとどまるかの二択を強いられた。その結果、約九割の日本人がそのまま海外に住むことを希望した。やっぱ、国際連合脱退、鎖国という超強硬政策は、同国人の目から見ても正気の沙汰《さた》とは思えなかったんだろう。

けど、日本を捨てることを選んだ日本人への風当たりは、どの国においても非常に強かった。

世界はそれだけ日本の身勝手なふるまいに腹を立てていたし、人間の道徳・倫理観・キリスト教的宗教観を根底からくつがえしかねないバイオ技術の研究が続行されることを危険視していたのだ。

アメリカの移民帰化局も、ごく一部の技術者や芸術家、資産家を除いて、日本人にはほとんど永住権《グリーン・カード》を発行していない。

ターミナル・マン——。国籍なき日本人を総称し、国際的にはそう呼びならわされている。スティーヴン・スピルバーグ監督の映画から着想を得て、そういうふうに呼ばれるようになったらしい。

このＬＡ《ロサンゼルス》にも、日本人は数多く住んでいる。別にあの男が無国籍人間《ターミナル・マン》であるからといって、とりわけ不審なことでもないし、めずらしいことでもない。シビックセンターの東側には、アメリカ最大の日本人街であるリトル東京だってある。

もっとも、そこは二十世紀のころ——日本との国交が正常だったころからアメリカに住んでいた人たちのコミュニティであって、住民の九〇％以上が永住権《グリーン・カード》を持ってる、世界でも特異な地域なんだけど……。

「……ああ、大丈夫だ、わかってるさ。そっちの仕事は別口だってことは。だけどよ、くれぐれも報酬《ギャランティ》は弾んでくれよな。こっちはヤバいヤマばっか踏んでるんだから。……ははっ、貧乏ヒマなしとはこのことだ」

よれよれのトレンチコートの背中ごしに、どこか吹っ切れたような口調の声が届いてくる。

うーん。なんか怪しげな会話だけど、無国籍人間《ターミナル・マン》みたく、低賃金で重労働の職にしか就けない人は、多かれ少なかれ後ろ暗いビジネスをやってたりするんだろうしな。いちいち目くじら立てるほどのことでもないか……。

「……そうだな。《見えざる焔《インビジブル・インフェルノ》》の爆弾ならまちがいないさ。じゃ、ぽちぽちショー・タイムのようなんで」

無国籍人間《ターミナル・マン》の目の前で、三次元ホログラフィ映像が溶け崩れた。閉じた携帯端末を内ポケットに挿すと、薄汚れたトレンチコートの背中が立ちあがった。アタッシェケースを提げ、そのまま出入口の自動ドアへと足を向けた。

チャイムが澄んだ音を響かせる。闇夜《やみよ》を溶かしこんだ透明ガラスが左右に分かれ、トレンチコートのうしろ姿を飲みこむ。

かたかた、とコーヒー皿の揺れる音が耳につく。そこではじめて思いあたる――テーブルの上に置いたあたしの手が震えてることに。

いや――手だけじゃない。体全体に震えが来ていた。

「《見えざる焔《インビジブル・インフェルノ》》……?」

その一言が呼び水となり、脳裏にどっと過去の映像が押し寄せ、縦横無尽に駆けめぐった。

――肉の焦げる異臭。どろどろに溶けたファイタースーツ。うつ伏せになったまま、体の前面をあますところなく焼灼《しょうしゃく》され、消し炭同然になった肉体。意識をなくしたその身体に取りすがり、泣きじゃくった幼い日のあたし……。

キキーッ、と鋭いブレーキ音が耳朶《じだ》を打ち、追憶を粉々に破砕した。続けて、重いものどうしが衝突しあう音。

「な……なにっ？　なんなの？」

総面ガラス張りの窓に視線が引きつけられる。道を走ってきた一台のヴァンが、路肩に駐車していたクライスラーにとつぜん前にまわりこまれ、急ブレーキを踏んだがまにあわず、ヴァンの正面がクライスラーの横っ腹をえぐる形になっていた。

あたしは――見た。クライスラーの運転席には、さっきまでこのカフェにいたあの無国籍人間《ターミナル・マン》の姿があった。

続けざま、これまた急ブレーキ音の尾を引きずりながら、一台のワゴン車がバック状態からヴァンに急接近し、ヴァンの手前約五メートルの位置でストップした。

ワゴン車の後部扉がばたっと開き、スキー帽で目以外の部分を隠した男たち四人が降り立った。服装も黒一色だ。夜闇《よやみ》に溶けこんで、その姿は判じがたい。

彼らがヴァンの運転席の両窓にとりついたと見るや、ガラスがこもった音を立てて砕けた。男たちはひとりを残してすぐにヴァンの後方にまわった。

ただひとり残り、ヴァンの運転台に上体を突っこんでいた男が体を引き抜いて、他の三人に向けてなにかを放った。放物線を描いた銀色の輝きをつかみ取った男がヴァンの後部扉にとりついて、扉を開く。後部扉の鍵《かぎ》だったようだ。

ヴァンの運転台では、ステアリングを握る男と助手席にいた男が共に永遠に凝結していた。あたしの位置からでは運転席の男しか見えないけど、こめかみに赤黒い洞穴が穿《うが》たれ、垂れた血潮がドアの側面を濡《ぬ》らしていた。

スキー帽に黒一色のいでたちの男らの手には、黒光りする銃があった。発射音がまったく聞こえなかったことと、銃身の長さから考えて、消音器《サイレンサー》を装着してるんだろう。

男たちはヴァンに積まれていたダンボール箱を次々とワゴン車の後部スペースに移し替えていく。バック姿勢で乗りつけたのは、荷物の奪取をスムーズにおこなうためだったとおぼしい。

「あ……あ……」

あまりのことに、脳が現実を拒否していた。

ドラッグストアやコンビニで万引きの場面を見かけるのとはわけがちがう。人が殺されるのを目の当たりにするのは——九年前、それに近いものなら見たことはあるけど——生まれてこのかた、これがはじめてだった。

ひんやりした鋼の感覚に冷静さを呼び戻される。ブルゾンの下のサイドホルスターに手が伸びていた。そ、そうだっ——ＳＷＯＲＤの訓練生として、いや、ひとりの人間として、見逃すわけにはいかない！　とにかくタイヤを撃ち抜いて、奴《やつ》らを足止めしなくっちゃ！

脇目《わきめ》もふらずに自動ドアをくぐり抜けた。視界の明度が一変し、夜気が頬《ほお》を打つ。

すでに襲撃者たち四人は略奪を終え、ワゴン後部に収まり、扉を閉じようとしていた。

やばっ、グズグズしてらんない！　急がないと――。

次の瞬間、耳をつんざく轟音《ごうおん》と、網膜を焼く爆炎の華が、あたしを硬直させていた。

「な、なっ……！　うわあっ！」

遅れて、猛烈な突風と衝撃波が体を殴りつけてきた。片腕で目をかばい、両の踵《かかと》を踏ん張るも、上体が泳いだ。カフェ入り口の自動ドアに背骨が激突する。センサーが作動して自動ドアが左右に分断された。身体の後背部をモロに打つ。

接触したクライスラーとヴァンが爆発を起こし、小規模な太陽をそこに現出したのだった。

「……あ、あの、大丈夫ですか？」

ウェイトレスがあたしを抱え起こしてくれた。

「へ……平気よ。ぐふっ、くっ……！」

あたしはウェイトレスの手をすり抜けると、もういちど外へ飛びだした。

ワゴンの姿はすでにその場になかった。近隣の商店から野次馬が飛びだしてきて、即席の火《か》葬釜《そうがま》と化した二台の車両を遠巻きに眺め、低い声でさざめき交わしていた。一本隣の表通りのほうからも、何事かとばかりに人々が様子を見に来はじめていた。

これは――ガソリンに電気系統の火花が引火したにしては、あまりに火勢が強すぎるような……。なにか燃焼促進剤でも使わなければ、さっきみたいな爆発だって起きやしないはず……。

爆発……？　爆弾、爆発、爆弾……。

「あ……！」

あたしと十五メートルほどの距離をおいて、野次馬のなかに、さっきの無国籍人間《ターミナル・マン》が混じっていた。天を焦がして赤々と立ちのぼる炎がその顔に陰影を刻んでいて、表情が読めない。

彼は手に持っていたなにか——小型の装置？——をトレンチコートの懐にしまいこむと、すっと身を翻し、姿を消した。

爆弾、爆発、爆弾、爆発……。

——……そうだな。《見えざる焔《インビジブル・インフェルノ》》の爆弾ならまちがいない。おっと、そろそろショー・タイムのようだ。それでは——

——《見えざる焔《インビジブル・インフェルノ》》の爆弾なら——

——《見えざる焔《インビジブル・インフェルノ》》——

さっき拾い聞きしたばかりの無国籍人間《ターミナル・マン》の言葉が、いんいんと鼓膜に反響しだす。

「ま、まさかっ……！」

あとからあとから増えるばかりの人ごみに猛然と飛びこみ、泳ぎ渡り、かきわける。

立ちふさがる人垣のすきまを縫って、トレンチコートの背中が表通りのほうへ向かうのがちらりと見えた。

「ま……待てっ！　そこの男っ！　——ちくしょう、どいて！　どいてって言ってんだ、このっ！」

酸欠の金魚よろしくふらふらの体《てい》で、どうにかこうにか人の群れを抜け、表通りに出た。はぁっ、どっと疲れた——なんて言ってる場合じゃないっての！　あいつはどこだっ？

あっちと、こっちと、そっちと——どこにもさっきの無国籍人間《ターミナル・マン》は見えない。しまった……見失ったか？

ええい、もうカン頼みしかないってのか！　だったら、ええと——よし、こっちっ！　シビックセンター駅方面へダッシュだ！

ああもう、とろとろ歩いてる連中のうざったさときたら！　まとめてドでかいローラーで挽《ひ》き潰《つぶ》してやりたい……！

「……あっ！」

見つけたっ！　アタッシェケースを片手に提げたトレンチコート姿の男が、車道を横切って、歩道の縁石に足を乗せようとしてる！

よし。一気にふんづかまえてやりたいとこだけど——焦っちゃだめだ。全力ダッシュは控えて、競歩ぎみに行こう。このまま気づかれないように接近し、そして……！

——DASHでそこに行けば……。

耳のなかに、無国籍人間《ターミナル・マン》の言葉の断片がよみがえる。

ちなみに、あいつが使った「DASH」って単語は、「走る」って意味じゃない。このダウンタウン一帯とハリウッドの一部を走ってるバスが「ＤＡＳＨ」っていう名前なのである。あいつ、駅前のトランジットセンターへ向かう気でいるにちがいない！

車道を渡ろうとしたところで、目の前をぶんと突風が通過した。うわっと！　危ない危ない。クラクションの余韻を残し、軽い地響きとともに大型トレーラーが遠ざかっていく。赤信号だった。ファック！

そのあとも車の列はとぎれなかった。右から左から、エンジン音を響かせながら次々に通りすぎ、あたしの視界をふさいだ。

髪をかきむしったり足を踏み鳴らしたりしながら、三十秒ほど待つ。やっと青信号になった。すでに無国籍人間《ターミナル・マン》の背中はなかったけど、車道を一目散に駆け渡り、トランジットセンターへと足を向けた。

早足になる。ほどなく駆け足に。最後には全力疾走になった。ぶつかってくる肩や肘《ひじ》もおかまいなしに。

けれど、歩道には大勢の人があふれかえっていて、誰もがみな、なにがなんでもあたしの行く手をさえぎろうとしているかのように思われた。

このトランジットセンターでは、数多くのＤＡＳＨが発着している。ＤＡＳＨは、メトロバスよりもひとまわり小さく、白い車体にパープルとブルーの縞模様が描かれ、車体脇《わき》には「ＤＡＳＨ」とペインティングされている。

ダウンタウンの路線はルートAからF、DDの、全部で七つある。平日はAからFまでの六路線が運行し、土・日はE、F、DDの三路線が走っている。今日は平日だから、六つの停留所が稼働してるはず。

ひとつひとつの乗り場を見てまわる。けど、さっきの無国籍人間《ターミナル・マン》はどこの列にも並んでなかった。彼を乗せたDASHはすでに発車してしまったあとのようだった。

# 3

苦い悔恨が胸に押し寄せてくる。

あたしは——なにもできなかった。逃げ去るワゴン車のタイヤめがけて一発撃ちこむことはおろか、その車両ナンバーを記憶することすら。

なんてザマだ、ったく！　SWORDの訓練施設で学んできたことをこれっぽっちも活《い》かせなかったなんて！

いや——。ワゴン車の四人組のほうは、まだあきらめがつくんだ。

なんであたしは、あの無国籍人間《ターミナル・マン》が《見えざる焔《インビジブル・インフェルノ》》の名を口にした時点で、あいつを詰問し、身柄を取り押さえてしまわなかったんだ！　あいつは今ごろあたしの手の届かないところまで逃げおおせ、ほくそ笑んでいるにちがいない……！

《見えざる焔》《インビジブル・インフエルノ》——。

それは、他のどんな名前よりも、あたしの魂の最も深い部分に刻みつけられている名前じゃないか！　だってのに、あたしの不甲斐《ふがい》なさときたらっ……！

さっきの現場には警察と消防隊の緊急車両が駆けつけ、赤、青の回転灯が周囲を照らしていた。銀色の耐熱服に身を包んだ消防隊員らがのたくるホースを抱え、燃えさかるクライスラーとヴァンめがけて放水の瀑布《ばくふ》を浴びせかけていた。野次馬が遠巻きに消火活動を見つめながら、低い声でざわめいたり、携帯端末のカメラ機能で撮影したりしていた。

あーあ、あたしのバイク、ひっくり返ってる。おまけに、カウルにかなり深い傷がついてる。

踏んだり蹴《け》ったりってのはこのことだな、ったく。

ギアをニュートラルに入れてから、イグニッションにキーを挿し——ああもう、この鍵《かぎ》じやないっ！　ええと、これでもなくて——これだ！

交通局の管制システムとのリンクがスタートし、周辺の交通情報およびマシンのステータス情報が風防《キャノピー》に描きだされる。もう一段キーをひねると、定期メンテナンスの功徳《くどく》あって、エンジンは一発で気持ちよく噴きあがった。７４５ccのエンジンがアイドリングに入り、轟然《ごうぜん》と唸《うな》る。

「ふーっ……」

太いエグゾーストノートを聞いてるうちに、荒《すさ》みきってた感情が、少しずつフラットになってくるのを感じた。

そこらじゅうに制服を着た警察官がうろついていて、野次馬相手に聞きこみしてる。みんな忙しそうにしてて、あたしに特に注意を払う人間はいない。

今は誰とも話したい気分じゃないし、取り調べを受けるのも面倒くさいけど……このままにはしておけないか、やっぱ。

エンジンを切ってキーを抜き、カフェの自動ドアをくぐる。

店内の照明は半分ほど落とされ、ＢＧＭはストップしていた。

カウンターに陣取った二十歳なかばほどのウェイトレス——会計のときも思ったけど、ウィノナ・ライダー似のなかなかの美人だ——が、ペンタブレットと電子手帳を持った私服刑事と相対していた。

「あ……」

あたしの顔を見て、不安そうに眉《まゆ》を曇らせていたウェイトレスの表情がいくらかなごんだ。

「ん、きみは?」

三十代なかばほどの、怜悧《れいり》な顔つきをした中背の刑事が、あたしに誰何《すいか》の言葉を投げてよこす。

「あ……うん。いちおう、事件の目撃者ってことになるのかな。ついさっきまで、この店のお客だった」

「そうか。では、きみが実際に目撃したことを詳しく聞かせてくれたまえ」

「ええとね……」

刑事に問われるがままに、事件の顚末《てんまつ》を答える。

「犯人は四人組で、ヴァンに乗りこんでいたふたりを射殺し、積み荷をワゴンに移し替えて逃走したと?」

「うん。でも、全員スキー帽で顔を隠してたから、面通しなんかに呼ばれても犯人を特定できないけど」

刑事はペンタブレットを事細かに液晶の上に走らせてから、あごに指を添え、首をひねった。

「クライスラーを運転してた人物はどこへ消えた?　そいつがヴァンの足止めの役割を果たしたわけだろう?　つまり犯人の一味ということではないのか?」

「ごめんなさい。目が四人組の動きのほうを追ってしまって、車の運転手にはそれっきり注意を向けなかったんです。あと、あのものすごい爆発もありましたし……。なにしろ、犯行そのものがまさしく電撃的でしたから……」

ウェイトレスが悄然《しょうぜん》とうなだれる。

「うん、あたしも同じ。ただ言えるのは、そいつだけはワゴンには乗らなかった。ワゴンから出てきたのは四人、去るときも四人だったのはまちがいないから。もしかするとクライスラーに乗ったまま、あの爆発に巻きこまれたのかもよ。火が消えれば運転席に焼死体が見つかるんじゃないの？」

　口からするすると出まかせが滑り出る。

そう。あたしは、あたしがむざむざと取り逃してしまった無国籍人間《ターミナル・マン》についての話は、意図的に伏せていた。

「ふうむ……。この襲撃の周到さを考えれば、そんな間抜けなミスをしでかす犯人とも思えないがな……」

　刑事は納得いかないといった風情で、ペンの背であごをしきりと叩《たた》いている。

「それよか、結局なんだったの？　ヴァンから盗みだされたものって？」

「残念だが、それは捜査の機密上、話すことはできん」

「ちぇっ、ケチ」

「ふん……」

　刑事は自動ドアをくぐり、店の外へ出て行った。

　美人のウェイトレスとふたりきりになった。そのままなんとなく見つめあう。

「……その、大変だったね」

「ええ。それはお互い様ですけれどね」

「はは……」

「うふっ……」

そこで言葉がとぎれ、ぎこちない空気が漂う。もともとさっきの事件以外に共通の話題がないんだから当たり前だ。

「ええと……。なにか、ご用でも?」

なおも突っ立ったままのあたしを見て、ウェイトレスがそう聞いてくる。

「あ、いや、うん。用事っていうか、なんていうか……」

清掃ロボをよけて通路を歩き、無国籍人間《ターミナル・マン》が座っていたボックス席へ行ってみる。

食器類はすでに片づけられていた。灰皿には煙草の吸い殻が残っている。あの無国籍人間《ターミナル・マン》がここにいたという痕跡《こんせき》はただそれのみだ。手がかりはとだえてしまった。もう、あの男を追うすべはない――。

「……もしかして、忘れ物ですか?」

「えっ?」

振り向くと、ウェイトレスが、半透明のファイルケースを持ちあげていた。

「そちらの席の下に落ちてましたので、こちらでお預かりしてたんですが……」

「え? あっと、えっと。その……うん、それそれ。置きっぱなしにしちゃってさ……」

おいおい、ちょっとちょっと。いいの? 平然とウソついてるじゃんか、あたしってば。

でも……内なる声がしきりに囁《ささや》いてる。ここで引いちゃ、絶対にダメだって。

そうだよね。あの無国籍人間《ターミナル・マン》に、ひいては《見えざる焔《インビジブル・インフェルノ》》につながるなにかが得られるんだったら、こんなことぐらい……。

ウェイトレスはあたしとファイルケースとを見比べ、首を傾《かし》げた。

「失礼ですが、本当にお客さまの忘れ物ですか？　なにかご本人さまと確認させていただけるようなものは……」

彼女はあからさまに警戒心を見せるようなことはなかったけど、それでもいちおう疑ってみることにしたらしい。

「それはあたしの落とし物っ。あたしに後ろ暗いところはなにもないから、ＩＤナンバーを控えるなりなんなりしてちょうだい。——ほら、あたしのＩＤ！」

ＳＷＯＲＤの隊則では、訓練施設外では決して自分の身分を明らかにしてはならない、という条項があった。でも、この行為はそれには抵触しないはず。どのみちＩＤナンバーをたどったところで、あたしがとある職業訓練校の一生徒であるというニセ情報が出てくるだけである。

ＳＷＯＲＤという組織に関わっているかぎり、あたしの個人データはアメリカ政府によって管理され、徹底的に隠蔽《いんぺい》される。ＳＷＯＲＤとは、それだけ秘匿性《ひとくせい》が求められる組織なんだ。

「はい、ではすみませんが、一応……」

ウェイトレスはメモ台帳から用紙を一枚破りとり、胸ポケットからボールペンを引き抜いて、あたしのニセの身元を示す十六桁《けた》の英数字を書きつけた。

# 4

快調にエンジンを吹かすマシンにまたがり、一路パサディナへ。

うねうね蛇行《だこう》する山道を縫って走り、民間人立入禁止のゲートを通過して、ようやくSWORD訓練施設敷地に入り、寮にたどり着いた。ぱっと見には、小綺麗《こぎれい》なマンションといったところ。裏手の駐輪場にバイクを停《と》め、駆け足で正面へまわる。

二十一時五十九分——門限まであと一分という瀬戸際で、どうにか滑りこみセーフ。門限をコンマ一秒でもオーバーすれば、翌日の訓練メニューに一時間の特別基礎体力訓練——の名を借りた体罰——がもれなくプレゼントされる決まりだ。ふーっ、危なかった。

掌紋《しょうもん》と網膜パターン認識を経て、ブザー音とともに寮の入り口のドアの電子ロックがはずれる。

SWORDの本部そのものはサンタモニカにある。けれど訓練や講義は、この寮に併設された三棟の建物内とその地下フロアや、少し離れた山奥に三つある野外演習場でおこなわれる。

訓練場がパサディナ北部の山中という僻地《へきち》を選んで造られているのは、SWORDという組織を世間の目から隔離するための措置なんだとか。だから多少交通は不便で、訓練生は自前の車かバイクを持ってないと、買い物に出るにも一苦労する。

透明チューブのエレベータで3Fに上がり、廊下に足音をこだまさせる。自分の部屋の前で、ドア脇《わき》のセンサーに手をかざす。静脈パターンが読み取られ、ドアが解錠される。

二段ベッドがひとつと、デスクトップPCを載せたデスクがふたつ、トイレがひとつ、クローゼットがひとつ、ミニ冷蔵庫がひとつ、棺桶《かんおけ》シャワーがひとつという、SWORD訓練生が寄宿する部屋が、あたしを出迎える。

「ベクシル！　今までどこに行ってたの！」

キャスター付きの椅子をまわし、デスクトップPCの前からルームメイトのローラが振り返るなり、柳眉《りゅうび》をつりあげた。

アーモンド形の愛らしい瞳《ひとみ》があたしを映す。ふんわりとした巻き毛。色白で、笑うと八重歯が印象的。上背は百六十五センチのあたしと同じぐらい。NY《ニューヨーク》在住のお母さんはモデルの仕事をしてたっていうけど、彼女は確実にそのDNAを受け継いでいた。

でも、はかなげで可憐《かれん》な外見にだまされてはいけない。ローラは外柔内剛《がいじゅうないごう》って言葉を地で行くような子で、心身両面のタフさと明晰《めいせき》な頭脳には、あたしも一目置いている。第一小隊のなかでも、成績はあたしに次ぐ二番手だった。

あたしに言わせれば、ローラに今ひとつ欠けてるのは、「闘争心」とか「競争心」とか呼ばれる類のものだ。ハングリーさが足りない。でもって、まわりの人間にいわせれば、あたしとローラを足して二で割ると、理想的な性格特質を持った訓練生が誕生するとのことだった。

「あー……」

なんだかどっと疲労が押し寄せてきた感じだった。今すぐ棺桶シャワーを浴びてベッドに直行したい誘惑に駆られる。

ぎゅるると胃袋がうめく。ミニ冷蔵庫にはゲル状栄養食が常備されてる。これで我慢しよう。

食事は、いちおう訓練生用の食堂が用意されている。IDをスキャンして食券が発行され、それをメニューと引き換えにする。朝・昼・晩と、食事時間は決まってて、それ以降は食いっぱぐれになる。で、今日のあたしは夕食にあぶれた難民ってわけだった。

「ちょっとそこに座りなさい！」

そういうローラはすでにシャワーを済ませたらしく、パジャマを着ていた。シャンプーのいい匂《にお》いが部屋中に立ちこめている。

「どっこいしょ、っと。んで、なに？」

「今日の模擬演習、あれはなんだったの？　どうしてあなたはいつもあんな勝手なまねばかりするのよ。小隊のみんなもあきれてるわ。どんなに事前に入念なブリーフィングをしようと、

あいつはことごとくそれをくつがえしてしまうって」

予想どおりというかなんというか、このテのお説教はもう何十回となくされてて、耳タコだ。

「あ、そ。みんなだってとっくに慣れてるでしょ。あたしはそういう奴《やつ》だってこと」

「もう……。なにを居直ってるのよ。みんな言ってるよ、『しょうがないよな、ベクシルは――』って」

「いいじゃん。大いに結構じゃん、『しょうがないな、ベクシルは』ってか。つまりはあたしを許容してくれてるってことだもん」

「だから、そういう問題じゃなくって！」

「それに、どうしてもあたしと同じ小隊がイヤだったら、異動願いを出せばいいだけのことだしさ」

「ちょっと、耳の穴を小指でかっぽじるのはやめなさいよ、はしたないわね。足も組まないの！　新任のレオン教官にも、さっそくケンカを売るようなまねして。ほんっとにあなたって人は……」

「あたしを誰だとお思いかしら？　あたしは『教官殺しのベクシル』よ」

ローラの相手をしてるまにPCを起動させ、メーラーを立ちあげる。

例によって例のごとく、どっさりとメールが届いていた。その数、89。そのことごとくが匿《とく》名《めい》メールだった。

今日はちょっと多い。まとめて圧縮し、ゴミ箱アイコンにポイする。なかにはウィルスが添付された悪質なものも混ざってるので、削除ツールを使ってきれいに消す。

やれ唯我独尊《ゆいがどくそん》を貫くあなたの姿はすごくステキですお姉さまと呼ばせてくださいだのやれA訓練棟の一階の女子トイレにひとりで来い集団リンチにしてやるだのやれお前には悪霊がついているこのメールを知りあい十人に転送しなければお前は十三日後に死ぬだのやれ好きな人がいるんですが私はSWORDをやめてその人と駆け落ちすべきなんでしょうかだの、毎度毎度バリエーションに富んでいる。最初はおもしろがって全部に目を通していたんだけど、最近はただ単にウザいだけになった。全部が全部、名前も顔もロクに覚えてない同期生・下期生からのものだ。

あーあー。あたしは良きにつけ悪《あ》しきにつけ、目立っちゃう存在だから、仕方ないってい仕方ないいんだけど。

あたしと同期の訓練生は、入隊時には百七人いた。男女比は七対三ほど。けど、月日を追うごとにどんどん減ってって、今では六十人ちょいまで絞られてる。ハードな訓練と課題に心身を摩耗し、志なかばにして去る者はあとをたたない。

で、あたしの入隊は、一年前。あたしが十八歳のときだ。このあたしベクシルは、SWORD二期生中、いや、一期生も含めて、ただひとりのティーンエイジャーだった。高校を卒業してすぐここへきたから、大学の卒業証明書は持ってない。

あたしは、物心つかないころからＳＷＯＲＤ隊員となることを夢見て、ひたすら黙々と自分を磨きつづけてきた。

中学・高校のころから遊ぶ時間を削って勉強に励み、カリフォルニア大学バークレー校、南カリフォルニア大学といった、カリフォルニア州でも指折りの名門大から特待生としての推薦を受けた。

スポーツもがむしゃらにがんばって、水泳やソフトボール、ラクロス、クロスカントリーといった競技で好成績を残し、スポーツ特待生としての大学の推薦も引く手あまただった。また、ガールスカウトの活動にも参加したりして、各方面への心証も稼いだ。

これらの実績が、ＳＷＯＲＤ訓練生になるための要項のうちのひとつ、「四年制大学またはそれに準ずる学歴を所持すること」の「それに準ずる学歴」の条件を満たすとみなされて、入隊が認められたわけ。なんでも、十八歳での入隊はＳＷＯＲＤ史上最年少とのことなんだとか。

ちなみにローラは、名門女子大スクリップスの出身だ。童顔だけど、これでもあたしより四つ年上。二年制大学卒業後——つまり順当にいって二十歳ってことになる——にＳＷＯＲＤの入隊を認められた例はあるけど、あたしの場合は高卒だから、どう見ても異彩を放ってた。

こんなんだから、どんなにお行儀良くしたって——するつもりもないけど——完璧《かんぺき》に浮きまくりなんだよね。

バックパックから半透明のファイルケースを出し、ボタンをはずして逆さに振る。出てきたのは、ボールペンが一本に、用箋《ようせん》の束と、一冊のペーパーバックだった。

ボールペン――インクは半分ほど残っている。なんだかキャップの部分が傷んでいる。これを使っていた人間――つまりあの無国籍人間《ターミナル・マン》だけど――はボールペンの背を噛《か》むクセがあったんだろうな。

用箋の束――三十枚綴《つづ》りになったそれは、どこの文房具屋でも売られていそうなシロモノだった。横に罫線《けいせん》が入っていて、レポート用紙として使えそうだ。どのページにも書きこみは見あたらない。「マクシミリアン」という標章が下のすみに刷りこまれてる。

「ねえローラ。マクシミリアンっていう名前の会社か団体に心当たりない？」

「マクシミリアン？　マクシミリアン……マクシミリアン・グループのことかしら？」

「グループ？　コンツェルンかなにか？」

「うん。いろんな分野に手広く進出してるけど、なにかひとつっていうならロボット部門がきわだって突出してる。っていうか、ＴＶコマーシャルでもよくやってるけど？」

ローラはなにかのメロディーをハミングしてみせた。ＣＭソングらしいが、あたしにはとんと聞き覚えがなかった。

ペーパーバックは、日焼けやシミなど、経年劣化がかなりひどい。奥付を確認してみたところ、二〇三三年の版だった。三十年も前のじゃ仕方ないか。

タイトルは、マーガレット・ミッチェルの『風と共に去りぬ《Gone with the Wind》』だった。

原作は読んだことはないけど、古い映画《ホロ》なら高校生のときに見た。主人公スカーレットのぐだぐだした性格がどうにも好きになれない一方で、名優クラーク・ゲーブル演じるレット・バトラーの男っぷりに惚《ほ》れた。

「……どうしたの、ベクシル？　それ、どっかで拾ってきたものなの？」

「え？　いや、その、拾ってきたっていうか……」

うーん、まあ、隠し立てするようなことでもないか。ローラにも意見を聞いてみたい。

「《見えざる焔《インビジブル・インフェルノ》》……。本当に、その無国籍人間《ターミナル・マン》はそう言ったの？」

「まちがってたら目を噛《か》んで死んでもいい」

「そう……」

あたしの話を聞いて、ローラはさすがに考えこむような表情を作った。

ＳＷＯＲＤの訓練寮に入って、このお人好しのルームメイトだけには話していた。あたしの過去。あたしがＳＷＯＲＤ隊員をめざすようになったわけ。あたしが《見えざる焔《インビジブル・インフェルノ》》に執着する理由を……。

「もしかすれば、あの無国籍人間《ターミナル・マン》こそが《見えざる焔《インビジブル・インフェルノ》》当人だったのかもしれないし」

まぶたの裏側に、事件直後のできごとが浮かびあがる。

野次馬に同化し、激しく燃えあがる炎を見つめていたあの無国籍人間《ターミナル・マン》……。あのとき、確かに見た。彼が手に持っていたなにかを懐にしまいこむ動作を。

今にして思えば、あれは爆弾のリモートコントローラーだったんじゃないか？　ヴァンごと自分が乗ってたクライスラーを爆弾で吹っ飛ばせば、クライスラー内に残るであろう毛髪や皮膚組織、ＤＮＡといった微細証拠物件は、まとめて処理してしまえるし……。

「そうかなぁ？　だって、確か無国籍人間《ターミナル・マン》はこう言ったんでしょ？『《見えざる焔《インビジブル・インフェルノ》》の爆弾ならまちがいない』だったっけ？　それって、《見えざる焔《インビジブル・インフェルノ》》本人が口にするにしてはなんか不自然なセリフだと思うけど」

「うーん……」

「まだ今の段階でそう決めつけるのは早計でしょ。そもそも、その爆弾が《見えざる焔《インビジブル・インフェルノ》》のものだかはわからないんだし、襲われたヴァンがなにを積みこんでいたのかも不明なわけだし」

「それもそっか」

明日にはニュースで報道されるだろうし、そうなりゃいろいろわかるんだろうけど。

ローラのいうとおり、無国籍人間《ターミナル・マン》＝《見えざる焔《インビジブル・インフェルノ》》である可能性は低いのかもしれない。けれど、あの無国籍人間《ターミナル・マン》が《見えざる焔《インビジブル・インフェルノ》》となにか関わりを持つ人間であることは、ほぼ１００％まちがいないはずだ。

だったら、あたしはなにがなんでもあの無国籍人間《ターミナル・マン》を追いかけなきゃならない。そして《見えざる焔《インビジブル・インフェルノ》》にたどりつき——奴《やつ》に制裁を下す。あたしはそうしなければならない宿命を背負ってるんだから……！

視界が微震してる。武者震いが全身に来ていた。

ベッドのスプリングがふわりと軋《きし》み、二段ベッドの一段目に仰向けに倒れたあたしを心地よく受け止めてくれた。

頭上に掲げ持ったペーパーバックをぱらぱらめくる。あれ……なにこれ？　ところどころでページの角が折られてるけど……。

折られているのは――5、41、60、81、113、144、177、190、229、239、255ページだった。

しかし、それらのページには、特になんの書きこみがあるわけでもなかった。隅から隅まで観察の目を当てても、なにも発見できなかった。

はらりとなにかが目の前をよぎり、あたしの頬《ほお》の上に不時着した。しおりだった。牧歌的な田園のカットが描かれているが、折り曲げられたあとがくっきり残っている。ペーパーバック同様、ずいぶんくたびれていた。

「ん……？」

上のほうになにか書いてある――「G」。

さらにしおりを裏返す――「561S．4ZP」とあった。

「なんなのよ、いったい……」

# 5

縦半分に割ったすり鉢状に造られた、生徒百五十人を収容する、大階段教室。

すり鉢の底の部分――背筋をぴんと伸ばし、長い指示棒《ポインター》を片手に教壇の上に凛々《りり》しく立つのは、レオン教官だった。

レオン教官の背後には、ＡＬＦ《エアー・レーザー・フィールド》が映画館のスクリーンのように空中表示されている。レオン教官が教卓の上のコンソールをタッチしたり、レーザーディスケットを入れ替えたりするたび、画像が切り替わったり、積層表示されたりする。

「――自由や主権は、最初からそこにあるものではない。歴史が教えるとおり、みずから武器を取り、戦って勝ち取るのが本来の自由民主であり、独立である。我らが母国アメリカはそうやって誕生した国だ。ところが第二次世界大戦後の日本は、そのプロセスを経ずに育ってきたため、増長し、国連脱退という愚行に走るまでに至った。なげかわしいことだ。日本は民主主義の価値を知らず、戦勝国である我々から与えられた自由にただ甘んじてきた。戦争放棄、平和主義というたてまえを掲げ、我らが母国アメリカを精神的・物質的な父親として頼り、甘えきり――」

教官の襟元に仕込まれたマイクを通して増幅されたバリトンが、教室中に響き渡る。

いまこの教室でおこなわれているのは、新たな悪の枢軸《すうじく》の一角として世界の潜在的な脅威となりつつある、日本についての講義だった。

生徒たちは認識番号によって各自ひとつずつ割り振られたコンソール前に座り、講義の内容をペンタブレットでメモしていた。

生徒たちは粛として静まりかえっている。おしゃべりに興じるような生徒、卓に突っ伏していびきをかくような生徒はひとりもいない。どちらも発覚した時点で、その講義は自動的に欠席あつかいとされる決まりになってる。そんないいかげんな気持ちで日々の訓練・講義に臨んでる候補生はいない。

が。マイノリティとは集団にとかく存在するものであり、マイノリティが存在するからこその集団ともいうべきであり……。

教室のほぼ中央の座席に陣取ったあたしは、コンソールでニュースグループを検索し、ゆうべの事件の詳細とその他よもやまのことについて調べていた。

ゆうべ襲われたヴァンは、実はダウンタウン警察のCSI科学捜査班が保管していた証拠物件を積んでいて、焼却場へと向かうとちゅうだった。コカインやマリファナをはじめとするドラッグが、実に二百キロぶんはあったという。それも、きわめて高純度のドラッグばかりで、末端価格で捌《さば》いてもとんでもない金になるという。

なぜ犯罪者たちがその輸送ルートを知ったのかは、いまだ不明とのことだ。内通者がいたのか、どこかで情報が漏れたのか——とにかく、犯罪者どもは周到に計画を練り、あのカフェの前でヴァンを足止めして一斉に襲いかかり、ドラッグを根こそぎ奪って逃走したのだ。

犯行はものの二分と経たないうちに終わったうえ、その通りじたいも表通りからは一本奥まった人通りの少ない場所だった。目撃者はきわめて少数だった。

それでもシビックセンター駅がそばにあるから辺地というにはほど遠く、襲撃をかけるのに最適の場所だったかどうかは疑問だ。あの無国籍人間《ターミナル・マン》が《スミスの家《Smith's home》》に行くために、すぐDASHに乗れるような場所で仕掛けなくてはならなかった——ということなんだろうか？

そして、もうひとつ。クライスラーには、やはり爆弾が仕掛けられていた。FBIの爆発物処理班の調べにより、その爆弾は《見えざる焔《インビジブル・インフェルノ》》の手になるものである可能性が非常に強い、との見解が出た。

あたしは十歳のころからそのテの本を読んだり、関連ホームページをさんざん渉猟《しょうりょう》したから、爆弾に関することなら一家言《いっかげん》を持ってる。

爆弾ってのは、それを作成する人間をそのまま映す鏡のようなもの。爆弾製造は、裏の世界ではある種の芸術と捉《とら》えられてて、新米製造者は有名な先達に弟子入りしてテクニックを学ぶ。

そして、爆弾には個人の「クセ」と呼ぶべきものが必ず見られる。爆薬の種類であったり、その構造であったり、細かな部品選びであったり、ワイヤーが右巻きか左巻きかだったり。FBIの犯罪者リストに登録されてる爆弾魔たちだって、そうやって見分けられている。

意外に思うかもしれないけど、どんなに爆発力が強い爆弾でも、部品の六～九割は原形を留めるものなのだ。もちろん、爆薬はそれほどは残らない。それでも爆弾の種類を見分けるのにじゅうぶんなだけの分量は残る。そういった残留物から爆弾魔についての情報が読み取れるわけだ。

ちなみに、《見えざる焔《インビジブル・インフエルノ》》の製造する爆弾の特徴についてはいっさい公開されていない。公開したところでデメリットが生じるだけだから。なぜって？　そりゃ、模倣犯《コピーキャット》がわらわら出てくるからに決まってんじゃん。

事件についてわかったのは、まあそれぐらい。まだいくつか開いたままのブラウザは、「暗号」をキーワードにしてネット検索し、行き当たったホームページだ。

暗号――そう、ボールペンと用箋《ようせん》はともかくとして、ペーパーバックは絶対に暗号ギミックの媒体にちがいない。

だけど、肝心要《かんじんかなめ》の解読法がわからない。

ホームページをざっと斜め読みしたところ、解法例はいくつか載ってはいたものの、あたしがつまずいてる現状に似たものはひとつもなかった。コナン・ドイルの『踊る人形』がどうだとか、E・A・ポオの『黄金虫』がどうだとか、そんなのばっか。あとは人を煙《けむ》に巻くような小難しい理論がつらつらと書かれてるのみで、ずばりピンポイントであたしが求めている解読法はどこにも見当たらなかった。

ええい、このまま手をこまぬいててもしかたない。見よう見まねでやってみるか。

折られているページに刷られている最初の単語の頭文字をつなぎあわせる——うまくいかなかった。だいたい、それじゃ「G」も「PZ4．S165」も意味をなさないことになってしまう。

だったらその「G」と「561S．4ZP」はいったいなにを示してるわけ？

折られてるページの単語にスペルミスなどはないか調べる——だめだ、見つかんない。

ページ数そのものをつなぎあわせれば、なにかの電話番号とか口座番号とかにならないか？

——ならない。

思考の堂々巡りを続けること、約三十分。ああ、ダメだっ！　思考回路はショート寸前！

降参だ、降参っ！

あたしはコンソールパネルを操作し、個人回線《プライベート・コール》を開き、キーボードを叩《たた》いた。同教室で講義を受講しているローラあてにインスタント・メッセージを送る。

『ゆうべ話した、無国籍人間《ターミナル・マン》がペーパーバックに隠した暗号を解きたいんだ。でも、どうにも手詰まりで……。協力してくれない？』

うしろを盗み見ると、二段高い位置にあるコンソールについたローラと視線が合った。

『なにかこそこそしてると思ったら、そんなこと調べてたわけ？　今は授業中よ。集中したら？』

『講義だったら脳みその一〇％ほど割いて聞いてるよ、でもぜんぜんたいした話してないじゃん。ネットのニュースチャンネルのコラムに毛が生えたようなことを言ってるだけでさ。ツッコミどころだらけだけど、我慢して聞き流してやってるのよ。そんなことより、暗号解読を手伝ってって頼んでるの』

『暗号って、ベクシル……。それが本当に暗号だっていうの？　なにか根拠があるわけ？』

『根拠なんてない。だけど、《見えざる焔《インビジブル・インフェルノ》》が関わってる以上、あたしは突っ走るの！　自分じゃ止まれないの！　どんな細かいことでも徹底的につきつめないかぎり、気が済まないのよ！』

「日本は過去から学習せず、未来を展望せず、即物的に現在の欲望を満たすことを選んだ。せわしなく入れ替わる総理大臣職には、我が国の大統領《プレジデント》のような重みも厚みも威厳もない。いくらでもすげかえのきくお飾りだ。国会議員は地域や企業の利権代表者であって、官僚はタテ割り行政の権化。日本が持つ本来の文化も伝統も、外国のそれに蹂躙《じゅうりん》され、跡形も残っていない。軍国主義は産業主義にとってかわり、本来国家が与えるべき帰属と矜持《きょうじ》は、会社が与えるようになった。日本国民は国家への忠誠をかけらも持たず、――」

レオン教官の講談を聞くともなしに聞きながら、点滅するカーソルを見つめる。

『……じゃあ、わたしじゃなくて、後方支援部隊の訓練生に聞いてみたら？　彼らは講義の一環として、諜報関係のスキルを学んでるはず。たぶんそのなかに暗号解析もカリキュラムとして含まれてると思う。わたしなんかに聞くより、専門的なことを学んでる人間に聞いたほうがよっぽど早いよ』

『そっか、それもそうだね』

ローラとの回線を切断。かわって、一連のコマンドを打ちこみ、別の回線をつなぐ。

『ハロー、突然だけど、ひとつクイズに挑戦してみない？　ちょっとした暗号の解読なんだけど』

最前列の座席で、ひとりの男子の頭がびくっと揺れた。うしろを振り返ろうかと迷うような、中途半端な動きを見せる。

あたしが個人回線《プライベート・コール》で呼びかけたのは、後方支援部隊の訓練生中トップの成績を誇る、ローガン・ウィリアムズっていう同期の訓練生だった。直接話したことはないけど、彼の秀才ぶりはあたしの耳にも聞こえていた。

『クイズだって？　今は講義中だし、あとにしてもらえないか？』

『そんなこと言わず、可及的すみやかにすぱっと解いてよ。とにかく、その暗号ってのを説明するからさ』

『やれやれ。ウワサには聞いていたが、きみは強引だな。それで、そのクイズとやらには、なんか賞品は出るのかい?』

『賞品かぁ。だったら、あたしとの一日デート券でどう?』

『光栄だけど、そっちはつつしんで辞退させてもらうよ。で、その暗号ってのは?』

『あー、はいはい。いま送るから、ちょっと待ってて』

ペーパーバックの折られていたページ数と、しおりに書かれてあった「G」と「561S.4ZP」を書き連ね、送信して……っと。

『……暗号はふたつあるみたいだね。そのうちひとつはかんたんに解ける』

『えっ、マジで?』

『少しぐらいは自分で解こうと努力はしてみたの?』

『まあ、いちおうは。折ってあるページ数がなにかのカギになってるんだろうって踏んでるんだけど……』

『うん、目のつけどころは悪くない。っていうか、普通はそう考えるよね。さらに言えば、そうとしか考えようがない』

『すばらしい皮肉をどうも。あのさ、あたし、あんま気が長いほうじゃないから、くわしい説明はいらない。ただ、要点だけ教えてくれればいい』

『ひとことで言えば、この暗号は、古典的な換字式暗号だよ。換字式ってのは、要するに、数字を英字に置き換えたり、その逆だったり――っていうタイプの暗号』

『じゃあ、もしかして、Gを1に置き換えて考えろってこと？ で、H、I、J……が2、3、4……っていうふうになるの？』

『そうそう、飲みこみが早いじゃないか。暗号としてはきわめて平易だろ？』

『でも、それだと、《561S. 4ZP》ってのはどうなるの？』

『だから、暗号はふたつあるって言ったろ。とりあえずそっちはひとまず置いて考えていいと思う』

そうか、別々に分けて考えていいのか。とすると――。

『うーん。Gを1として考えるってのはわかっても、そこから先が進まない。アルファベットは26文字しかないじゃん。いちばん大きい数が26だったら、ページ数をアルファベットに直しようがないじゃない』

「A・B・C・D・E・F・G・H・I・J・K……X・Y・Z」は「21・22・23・24・25・26・1・2・3・4・5……18・19・20」と置き換えられる。だから、5ページってのはKを表している。ここまではいいんだけど……。

『そこまで考えることができるなら、もうひと息だ』

『でも、そっからがダメじゃんか。ページ数は26より大きくなっちゃうし――』

折られているページは、5ページの次は、41、60、81ページ……と続く。アルファベットは26個。41、60、81……これらにアルファベットを対応させられるということは、26より小さい数字に置き換えることができる、ってことか。

置き換え《サブスティテューション》、置き換え、置き換え、置き換え……脳がちりちり焦げていくみたいな感覚。

26よりも大きい数字がアルファベットに置き換えることができるのであれば、それってすなわち、数字が循環《サーキュレーション》しているってことで――。

『あ……そっか、わかったっ！　41、60、81……は、15＋26×1、8＋26×2、3＋26×3……と表せるってことでしょ！』

『ご名答』

やったぁっ！　だったらどうなる？　ええと、5がK、41がU、60がNで……。

『KUNIOTANAKA？　……あれっ、どこかまちがえた？　意味のある単語になってないじゃん』

『いや、それでOKのはず。クニオ・タナカ――無国籍人間《ターミナル・マン》の名前だろう。いや、リトル東京に住んでる永住権《グリーン・カード》持ちの日本人の名前かもしれないけど』

「あ……そうか、名前か……！」

あの無国籍人間《ターミナル・マン》――《見えざる焔《インビジブル・インフェルノ》》と同一人物かどうかはさておくとして――の口ぶりじゃ、まだ他に仕事を抱えているふうだった。ここで出てきた人名は、あいつのヤバいビジネスとなにか関連があるっぽい。

たとえば——あの無国籍人間《ターミナル・マン》が、どこかの犯罪シンジケートに属してる人間だったら？　ドラッグ強奪以外のシノギも現在進行形で企んでいる可能性がきわめて高い。きのうの会話からして、なんかそんな感じだったし。

それで、次に狙《ねら》われているのが、《スミスの家《Smith's home》》ってことなのかな？　それとも奴《やつ》らのランデブー・ポイントかなにかか？　ううむ……。

『もうひとつの、《561S．4ZP》ってのは？』

少し間があった。

『どうなのかな……そっちは暗号とはちがうかもしれない。これはおそらく、クニオ・タナカのPCの起動パスワードとか、ショッピングサイトの認証パスワードとか——そんなところだと思う。あてずっぽうだけど』

ものはためしだ——検索サイトにアクセスし、『561S．4ZP』をキーワードボックスに綴《つづ》った。該当件数は……ありゃ、ゼロ件か。

『でもベクシル、これってなんなの？　講義の課題かなにか？　きみたち前線部隊も暗号解析の講義を受けてるのかい？』

『だから、単なるクイズって言ったじゃない。で、どうする？　次の休日、あたしとおデートする？』

『ははは。身に余る栄誉だけど、つつしんで辞退申しあげるよ。用事はそれだけ？　役に立てたんならいいんだけど』
『いや、マジで助かったよ。ありがと。それじゃ』
よし――燃えてきたっ！　あたしは必ず、あの無国籍人間《ターミナル・マン》のシッポをつかんでみせる！

# 6

その日の午後――三限目と四限目の講義は、合計四時間ぶっ通しの基礎体力訓練だった。あたしたち第一小隊と第二小隊は合同で、水泳、マラソン、マウンテンバイクからなる、ハードなトライアスロンを繰り返した。

ヘタに昼食なんか摂ってたら胃袋の中身を丸ごと戻してしまいかねないようなキツさだけど、あたしはペース配分を守り、体力の消耗を最小限に抑えつつ、トップでゴールインした。

「ベクシル、どこ行くの？」

寮の部屋に戻り、火ぶくれができそうなのと氷みたいなシャワーを交互に浴び、ジャンプスーツに袖《そで》を通したあたしは、スニーカーを脱いでバッシュに踵《かかと》を蹴《け》りこんでいるところをローラから呼びかけられた。

「ああ、うん。野暮用《やぼよう》でね」

キーホルダーを指先でくるくる回しながら寮を出て、裏手の駐輪場へ。バイクのイグニッションにキーを挿し、一気に二段階ひねる。ポンプがガソリンを送りこむ音。二秒後、吸気音、太いエグゾーストノート、エンジンの回転音が一体となって聞こえた。グローブに指を通し、ヘルメットをかぶり、ハンドルグリップを握る。

「待て、ベクシル！」

徐行運転で寮の正門ゲートにさしかかったところで、背後から呼び止められた。

ヘルメットのシールドをぱちんと上げる。ちらほらと人手のある訓練施設C棟の正面玄関から、一直線にあたしに駆け寄ってくる人影があった。

「あれ、なんか用事？」

「用事もなしに呼び止めたりはしない」

レオン教官はあいかわらずのむっつり顔だった。いちいち喜怒哀楽の読みにくい奴《やつ》だ。

「もしかすると、キゲン悪かったりする？」

「もしそうだとしたら、理由に心当たりはあるか？」

「自慢じゃないけど、察しは悪い」

「だろうな」

レオン教官は短く吐息をついた。

「今日の二限目の講義中のことだ。あれはいったいなんの暗号だ？」

「あー……」

しまった——こいつ、個人回線《プライベート・コール》のログを全部チェックしてたのか。

「言ったはずだ、俺《おれ》は他の教官とはちがうと。さあ、答えたまえ。あの暗号はどこで手に入れたものなのだ？　そしてきみは、いったいなにをしようとしている？」

「あ、う……」

ど……どうしよう。どういう態度が最善かな？　でたらめを並べたててこの場を切り抜けられるかっていえば……うーん、それはムリっぽい。ただでさえあたしはこいつに目をつけられているわけだし……。ああ、面倒くさいことになっちまったなぁ……。

「どうした？　黙っているのは、なにかやましいことがあるからなのか？」

「ち……ちがうよ。ただ……」

そこで口をつぐむ。今度の沈黙は長引いた。レオン教官はただ静かにあたしを見つめていた。かきたくもない汗が背中を濡《ぬ》らす。

「ああもう、わかったっ。わかったよっ。全部話せばいいんだろっ！」

——それからあたしは、よけいな粉飾も自分の解釈も交えず、ただ客観的な事実のみを語った。ゆうべ立ち寄ったシビックセンター駅そばのカフェ。ふと耳にした無国籍人間《ターミナル・マン》のつぶやき。襲われたＣＳＩのヴァン。《見えざる焔《インビジブル・インフェルノ》》の爆弾による爆破事件。無国籍人間《ターミナル・マン》の落とし物から割れた「クニオ・タナカ」の名前——。

レオン教官は、分厚い胸板の上で両腕を組んだ。

「……なるほど。それで?」

「それでって……なにが?」

「きみはまだ最初の質問に答えていない。きみはこれからなにをしようとしているのかを聞いているのだ」

「もちろん、あの無国籍人間《ターミナル・マン》と《見えざる焔《インビジブル・インフエルノ》》を捕まえに行くのよ」

レオン教官は目を伏せ、ため息をついた。むっ。なによそのしぐさ。あたしへのトゲがほの見えるのは気のせい?

「少し頭を冷やしたらどうだ。きみがしていることはなんだ? 他人の落とし物を勝手に着服したうえ、強引かつこじつけじみた解釈をして、他人のプライバシーを侵害しようとしているんだぞ」

「犯罪者にプライバシーもクソもあるもんか。だいいち、事件の容疑者の落とし物だよ? あいつを捕まえる手がかりになるじゃん」

「それならば、その落とし物は証拠物件として警察に提出すべきだ。なぜきみが捜査に乗りだす必要がある? きみにそんな資格はない。いいか、きみはSWORDの一訓練生にすぎず、法執行機関に属する人間ではないのだぞ。カンチがいも甚《はなは》だしい」

「別に、無国籍人間《ターミナル・マン》のほうはどうでもいい。そいつはとっかかりにすぎない。あたしの獲物はただひとり――《見えざる焔《インビジブル・インフエルノ》》。あいつに法の鉄槌《てっつい》を下させる。なにがなんでも。この命と引き換えにしたって！」

「《見えざる焔《インビジブル・インフエルノ》》……」

つぶやいてから、レオン教官の面《おもて》に理解の色が閃《ひらめ》いた。

「そう――そうか、きみは確か、ルイ少佐の……」

「……そうよ」

こいつの几帳面《きちょうめん》さからして、自分が受け持ってる訓練生のプロフィールには隅から隅まで目を通していることは疑いない。だったら、わかるはずだ――あたしが《見えざる焔《インビジブル・インフエルノ》》に固執し、憎悪するわけを。

「あたしは自力であの無国籍人間《ターミナル・マン》の足跡をたどる。きっとその先に《見えざる焔《インビジブル・インフエルノ》》の影が見えてくるはず。――だから、邪魔しないで！」

レオン教官は組んだ腕をほどき、両の腰に手をあてた。

「ムリに縛りつけることは難しい――というより、きみの性分からしておとなしく縛られてはくれないのだろうな」

「あいにくとMっ気はないのよね、あたし」

「よし――では、こうしよう。俺《おれ》からひとつ、きみが調査をおこなうための条件を提示する」

レオン教官はそこで言葉を切り、足元に目を落とした。なんかイヤな予感がした。

「この俺もその調査に同道するということだ」

「…………………………えーっ⁉」

# 7

パサディナ山中からバイクを飛ばして十分。

あたしとレオン教官は、シビックセンター駅前の有料パーキングエリアにバイクを停《と》めていた。あれからレオン教官が自分のマシンを取りに行き、はからずも彼のケツを追っかけてく形で、ここまでやってきたのだ。

レオン教官のバイクは、あたしのよりひとまわり大きいハーレー・ダビッドソンだった。シートに背もたれがついてるタイプだ。エンジンも楽勝で1500ccを越えてると思う。見てるだけで、『イージーライダー』のテーマ曲、「Born to be wild」が聞こえてきそうだ。

「わざわざ金使わなくても、どっかそのへんに停めときゃいいのに……」

「この界隈《かいわい》は違法駐車ゾーンだ。勝手にマシンを道ばたに停めることは、交通法に違反することになる」

「あたしはともかく、あんたは正規のＳＷＯＲＤ隊員じゃんか。もし違反キップ切られたって罰金取られずに済ませられるんじゃないの？」

「厳重に注意しておく。訓練施設外で、軽々しく『ＳＷＯＲＤ』という単語を口にしてはならん。どこで誰が聞いているかわからんのだからな」

「はん……」

やっぱ、こいつとは肌が合いそうにない。だってのに、なんだってあたしは、こんな事態を招いてしまったんだ？　ああ、前途多難……。

立体駐車場を出て、一ブロック歩き、駅前の雑踏にまぎれる。排ガス規制をクリアしたエコ乗用車が垂れ流す、クリーンな排ガス含有率の高い街の空気。

レオン教官はあたしの横顔に視線を当てた。

「きみはポーカーには向かない性格のようだな。『なんでこいつなんかと！』と内心歯嚙《はが》みしてるんだろう？」

「へえ。あんた、ＳＷＯＲＤをやめても超能力者として食っていけそうね」

「だから、『ＳＷＯＲＤ』という単語を使うんじゃない！　自分が一訓練生にすぎないということを忘れるな。俺《おれ》が調査に乗りだし、きみはそのサポートということで俺に同行している。そういう図式を取ることによって、きみに調査に参加する機会を与えているんだ。これは政府職員としての俺の調査であり、きみは民間情報提供者《インフォーマント》だ。その分《ぶん》をわきまえておくことだ」

「……ふん」

まったく、とことん理屈っぽいやつだ。

だいたい、《見えざる焔《インビジブル・インフェルノ》》へと行き着く手がかりを持ってるのはこのあたしであって、こいつなんかただの外野にすぎないってのに。

って……んっ？　ちょっと待てよ。

ひょっとすると……こいつ、あの無国籍人間《ターミナル・マン》や《見えざる焔《インビジブル・インフェルノ》》を逮捕したら、それをぜんぶ自分の手柄だとか言いだすんじゃないだろうな？

いや、きっとそうだ。そうに決まってる。

だいたい、そうでもなけりゃ、ただでさえ多忙の身であろうレオン教官が、あたしの調査なんかにわざわざ同行するわけがないじゃないか。

ああ、もうっ！　とんだ疫病神《やくびょうがみ》に見入られちまったもんだ！　どうにかしてこいつを調査から引かせる手はないもんかな……？

「それで、どこから調べるんだ？　アテはあるのか？」

ふんだ。口聞いてやるもんか。

シビックセンター駅前の中央広場に展張された大型三次元ホログラフィが、音楽シーンでスマッシュヒットを飛ばしているアーティストの最新シングルのＣＭを大音響で垂れ流している。

大型ショッピングセンターの壁面スクリーンを見る。現在の時刻は十六時三分、気圧は一〇一三ヘクトパスカル、気温は十九度、天気は週末にかけて下り坂……。

「おい、無視するんじゃない。どこへ向かうつもりだ?」

「……あそこっ!」

シビックセンター駅前に設けられたトランジットセンターから少し離れたところに、DASH会社の事務所があった。

レオン教官は、あたしに先んじて入口の足拭《ふ》きマットに踵《かかと》をのせた。

面積としては、高校の教室をふたつくっつけたぐらい。スチール机がいくつか置かれ、壁紙は白く、二、三枚の複製画が額縁に入れて飾ってあった。壁ぎわには大きな書類用キャビネットがあったり、りっぱな金庫が置かれたりしている。事務所内では開襟《かいきん》シャツ姿の中年の男性が四人くつろいでいて、いきなり入ってきたあたしたちに無遠慮な視線を注いでいる。

「突然の来訪で失礼する。俺《おれ》は連邦政府の職員レオンで、この女性は民間情報提供者《インフォーマント》だ」

レオン教官は自分の身分証を提示し、彼らを見渡した。

「実はゆうべ、貴社のDASHを、とある事件の関係者が利用した疑いがある。少し調べさせてもらいたい」

四人の男たちは顔を見合わせた。うち、いちばん奥のデスクについていたひとりが立ちあがり、近づいてきた。

人の良さそうな、四十歳ぐらいの男性だ。頭髪はかなり後退し、あごは二重にたるみ、腹部の線は膨れあがっている。冴《さ》えない印象の小男だった。

「えっ？　そりゃ大変だ。そういうことならお力になりますよ。申し遅れましたが、私はサマーセット・グレアム。ＬＡＤＯＴトランジットの部長です」

「感謝する。それでは――」

レオン教官はグレアム部長と握手を交わし、肩ごしにあたしを見た。

「……なに？」

「なに、じゃないだろう。その容疑者の人相に背格好、見失った時間――いくらでも話すべきことはあるはずだ」

「あ、そっか。ええと……」

おいおい、しっかりしろ、あたし。この男にイニシアティブを握られてどうするんだ、事件の謎《なぞ》はあんた自身で解決するんじゃなかったの？

「顔ははっきり見てないんだけど、そいつは無国籍人間《ターミナル・マン》で、頭髪は黒。髪を後ろに撫《な》でつけていて、くたびれたトレンチコートを着た、中年の男。見失ったのは、ちょうど二十一時前後。トランジットセンターのほうへ向かってた。だから、高確率でどれかのＤＡＳＨに乗ったんだと思うんだけど」

あたしの話を聞くと、グレアム部長は苦笑し、矯正歯科医の見事な腕前をみせびらかした。

「うーん、難しいですな。一口に『無国籍人間《ターミナル・マン》』と言っても、見た目としては中国人も韓国人もほとんど変わらないわけですからなぁ」

「ゆうべ、この近くで事件があったのは知ってるよね？　ほら、CSIのヴァンが襲われて、焼却場行きになるはずだったコカインやマリファナが強奪されたっていう……」

「ああ、はい。存じてますよ。え……ではまさか、その犯人が我が社のDASHに乗って逃げた、ということなのですか？」

「えっと……」

そうだなぁ……犯人っていえば犯人なんだけど、この場合、どんな語彙《ごい》をあてはめるのが適当だろう……？

「まだ犯人の一味と断定はできないが、重要参考人がひとりいる。その無国籍人間《ターミナル・マン》が貴社のDASHを事件直後に使った可能性が非常に高いということなのだ」

レオン教官からフォローが入る。ちっ。こいつ、またまた余計なことしやがって。

「そうですか。ではとにかく、ゆうべ二十一時ごろにバスを発車させたドライバー全員に連絡を取ってみることにします。どうぞ、そちらにお掛けになってお待ちください」

あたしたちは応接セットをすすめられ、腰を落ち着けた。パーティションがわりの観葉植物で囲われた一角だ。湯気を立てたコーヒーが目の前のガラステーブルに置かれた。そのあいだ

に、グレアム部長が電話をあちこちかけはじめた。

　グレアム部長は五分ほど回線のやり取りをしてから、あたしたちのほうへ歩いてきた。

「……いやはや、申し訳ありませんな。どのドライバーも、お客さんの人種や特徴などいちいち覚えていないし、乗せたような気もすれば乗せてないような気もすると言っておりまして。路線にもよりますが、二十一時前後は乗車率六～七割と、比較的混み合う時間帯ですしね」

「ちっ、使えねーの……」

　小声でつぶやくあたしをレオン教官は横目でにらみ、グレアム部長のほうに向き直って、謹厳な表情を作った。

「では、トランジットセンターの監視カメラの映像を出してもらうことはできますか？」

「いや、トランジットセンター内に監視カメラは設置しておらんのですよ。バス車内も同様です。当トランジットセンターには警備ロボットを四体配置し、有事の際の備えとしてあります」

「そうですか……」

　レオン教官は指で太い鼻柱を掻《か》くと、ソファに背をもたせかけた。そのまま斜め上方に視線を泳がせている。

「やれやれ、なかなかうまくはいかないものですな。その無国籍人間《ターミナル・マン》の行き先がわかれば、また話もちがってくるんですがねぇ」

　グレアム部長はそう言って、吠《ほ》えるように笑った。

「……ん？」

行き先？　行き先がわかれば――？

なんだ？　いま、なにかの光明が脳裏をかすめたような……。

そ、そうだ！　なにか――なにか、言ってたはずだ。あのカフェのなかで。あの無国籍人間《ターミナル・マン》は！

あーと、うーと、なんだったたっけ――？　しっかり思いだせ！　思いだせるはずだ、確かに聞いたはずなんだから……！

――……わかった。《スミスの家《Smith's home》》だな。ＤＡＳＨでそこに行けば……――。

「そ……そうだ、それだっ！」

ガラステーブルががたんと揺れ、コーヒーカップの黒い水面が波立つ。

「どうした？」

だしぬけに立ちあがったあたしを、レオン教官が不思議そうに見上げてくる。

「《スミスの家《Smith's home》》だ！　あいつはＤＡＳＨでそこへ行くって言ってた！」

どうだとばかりに両手を広げて、レオン教官とグレアム部長を見渡した。

「あのう、失礼ですが……」

グレアム部長は天動説の信者でも見るような目をあたしに向けた。

「当トランジットセンターのＤＡＳＨは、全部で七つの路線を持ち、ダウンタウン一帯とハリウッドの一部を網羅しております。それだけの路線の範囲内に『スミス』という名字の人間がどれだけ住んでいるとお思いですか？」

スミス。う……確かに、アメリカじゃもっともありふれてる姓だ。だけど……。

「そ、そんなことはわかってるって。でも、たとえばさ、『スミス』って名字に由来するバス停留所とか、どっかにないの？　きっとあるはずよ！」

すかさずあたしは二の矢を放つ。

「はて……」

グレアム部長はすぐ手近の端末に近づいた。カチカチとマウスをクリックし、キーボードを叩《たた》く。

「……残念ながら、そういう名前の停留所はありませんな」

「えっ……？　そ、そんなはずないでしょ。もういちど調べてみてよ！」

グレアム部長は眉間《みけん》に二本の縦じわを作りつつ、再度キーボードに指を滑らせた。

「……ダメですな。検索に引っかかりません。メトロバス、サンタモニカ市のＢＢＢ《ビッグブルーバス》でも調べてみましたが、そういう名前の停留所はないようです」

「……」

そ、そんな……。そんなはずは……。

「忙しいのに時間を割かせてしまい、申し訳なかった。我らはこれにて失礼する。——さあ、行くぞ」

　あたしはレオン教官に肩を押されるまま、ＤＡＳＨの事務所をあとにした。

# 8

　宵闇《よいやみ》が近づいていた。広大でうつろな赤の真ん中を、人工衛星の小さな光がのろのろ横切っていく。

「どうだ？　これで気は済んだか？」

　ぴたり、と足を止めた。あたしを数歩行き越したところでレオン教官が立ち止まり、あたしのほうを振り返る。

「冗談も休み休みにしてよ、調査はまだはじまったばっかじゃないの。それに、あともう一か所、今日じゅうに調べておくべき場所があるんだから」

「考え直せ。素直に警察に情報を渡したほうが、早期の事件解決を望める」

「なによ。あんただって《見えざる焔《インビジブル・インフェルノ》》を捕まえて手柄を立てようって野心を持ってるんでしょ？　こんなあっさり引き下がってどうするの！」

自分に突きつけられたあたしの人さし指を見て、レオン教官は目をぱちぱちさせた。

「手柄？　野心？　おいベクシル、きみはなにか誤解してる。俺《おれ》は——」

「ああ、うるさいうるさい！」

斜陽が描くレオン教官の長い影があたしを追ってくる。トランジットセンターを横目に通りすぎ、人ごみを掻《か》き分ける。

三分後、あたしたちはゆうべ立ち寄ったカフェの自動ドアをくぐっていた。

店内をざっと見渡す。客の入りは四分ぐらい。

入り口脇《わき》のカウンターには、ゆうべのウィノナ・ライダー似のウェイトレスが立っていた。クロスでカップをぴかぴかに磨いている。入ってきたあたしたちを見て、にこりと笑顔を浮かべかけ——その頬《ほお》が痙攣《けいれん》したようにひきつった。

「ハーイ。ゆうべの客だけど、覚えてる？」

カウンターに両肘《ひじ》をのせるあたしに、ウェイトレスは怯《おび》え顔で一歩あとずさった。白い織手《せんしゅ》が摑《つか》んでいたカップが床に落下して砕け、けたたましい音を立てる。

「な、なによ？　そんな、バケモノでも見るみたいな目をして」

「……あなた、ウソをつきましたね」

「え？」

「とぼけないでください。あなたが持っていったファイルケース、本当は別の人のものだったじゃないですか！」

ウェイトレスが大声を出したので、店内じゅうの客から好奇と奇異の視線が向けられた。な、なんか、のっけからやばい雰囲気……。

カウンターの奥から年かさの男性店員がそそくさとやってきて、「どうしたんだ、ジュリア？」と彼女に問いかけた。

銀色の頭髪をクルーカットにし、白いシャツのカラーには蝶ネクタイをして、酒造メーカーのデニムのエプロンをつけた、恰幅《かっぷく》のいい男性だった。年は五十代からそれ以上といったところか。

「落ちつきたまえ。俺は連邦政府の者だ」

レオン教官があたしをかばう位置に割りこみ、身分証を提示した。ウェイトレスも年配の店員も目を丸くする。

「この女性は決して怪しい者ではない、ある事件に関する民間情報提供者《インフォーマント》だ。――それで、どういうことだ？　無国籍人間《ターミナル・マン》があれから忘れ物を取りにきたということか？」

「は……はい、そうです」

ウェイトレスは何度か唾《つば》を飲みこんでから、胸の前で両手を合わせ、おずおずと語りはじめた。

「今日の、朝九時に――うちは十時からの営業なんですけど――その方が見えられて……。

ファイルケースが落とし物として届いていないかと、大変な剣幕で……。でも、そのファイルケースは、そちらの女性に渡してしまったものですから……。それでわたし、控えさせてもらったそちらの女性のＩＤ番号をその方にお教えしました」

レオン教官がぎろりとあたしを一瞥《いちべつ》した。

なんだよ。そんな目で見なくったっていいじゃんか。あたしは自分の名前はおろか、ＳＷＯＲＤ訓練生であるってこともバラしてないし、「ＩＤを他人に教えてはならない」っていう隊則はないし、なにも問題ないはずよ……。

「その無国籍人間《ターミナル・マン》だが、どんな容姿だった？　思いだせるかぎりのことを思いだしてほしいのだが」

レオン教官はウェイトレスにそう訊《たず》ねた。

「え、と……。そ、そんなこと言われても……」

ウェイトレスは自分の髪やらエプロンをいじりまわしはじめた。

年配の店員がウェイトレスの袖《そで》を引いてそっと奥に押しやり、前へ出た。髭《ひげ》に囲まれた口を開く。

「私が当店のマネージャーです。私がお話をおうかがいしましょう」

「あなたも朝十時に来たという無国籍人間《ターミナル・マン》を見たのですか？」

「はい。……身長は百七十五センチ前後、目と髪の色は黒、無精髭《ぶしょう》を生やしていて、どことなくキツネを連想させる顔立ちで……。あと、タバコの匂《にお》いが身体に染みついてました。たぶんガラムじゃないかな、あの匂いは」

ゆうべ、あいつが座っていた席の灰皿を思いだした。吸い殻がかなり溜《た》まっていて、きつい匂いがした。喫煙常習者《ヘビースモーカー》であることはとりあえずまちがいないな。

「服装は……ずいぶん年季の入ったトレンチコートでした。手にはアタッシェケースを提げてました」

「トレンチコート……。アタッシェケース……」

正直言うと、あたしのなかで、あいつの顔の印象はきわめて希薄だ。店内にいるあいだは、うしろ姿しか見えなかったわけだし。顔なんて、クライスラーの運転席に収まってるところを斜め後方からちらっと見たのと、猛り狂う業火に照らされた横顔を見たぐらいのものだ。

でもまあ、トレンチコートとアタッシェケースという記号が、とりあえずは目印にはなるか。

「年齢は何歳ぐらいでしたか？」

レオン教官に問われ、老マネージャーは眉間《みけん》を指で揉《も》みつつ、うーんとうなった。

「そうですなあ。アジア人というのは、我々アメリカ人の目を通すと、どうにも若く見えてしまうものですしね。それでもたぶん、三十代後半から四十代ぐらいではないかと」

あいつが落とし物を取りにここへ現れた。それも、わざわざ開店前から。しかも、大変な剣幕だったという。

これって、あたしが持ってるあいつの落とし物は、かなり重要なものってことになるんじゃないだろうか？　となれば、暗号で隠されていた人名「クニオ・タナカ」には、奴《やつ》が企んでる犯罪にとって重大な意味があるんだ、きっと……！

「この店には監視カメラはないのっ？」

とつぜん強引に会話に割りこんできたあたしに、老マネージャーは少し目を白黒させた。

「ええと……はい、あるにはありますが、無国籍人間《ターミナル・マン》が来たのは開店前のことでしたから、監視カメラはまわっていませんでした」

「今日のじゃなくて、ゆうべの！」

「では、確認してみますか？　こちらへどうぞ」

カウンターの内側にある、事務所らしき奥の部屋へと通された。長細く、狭苦しくて、人ひとりが両腕を広げるのがやっとだ。ダンボール箱がそこらの床に積まれてて、スチール棚や机があって、デスクトップPCが一台置かれていた。

老マネージャーは机の引き出しから一枚のレーザーディスケットを取りだし、スロットに挿入した。映像再生ソフトが自動的に立ちあがる。

四分割にされた画像がディスプレイに映った。四基の監視カメラがそれぞれのアングルから店内を捉《とら》えたものだった。

画像は粒子が粗く、見えにくかった。おまけに音声も入っていない。あーあ、こんなんじゃあんま役に立ちそうにない……がっかりだ。

「その無国籍人間《ターミナル・マン》の顔がはっきり見たい。彼が映るまで映像をまわしてくれ」

レオン教官に促され、老マネージャーはマウスカーソルを操作した。ヴォードヴィル・ショーを思わせる滑稽《こっけい》な動きで、四つの画像が高速で流れていく。

「あっ！　止めてっ！」

十九時四十六分。トレンチコート姿の無国籍人間《ターミナル・マン》が、自動ドアをくぐって店に入ってきた。カウンターで小銭と引き換えにコーヒーを手にし、奥のテーブル席へとついている。けど、その席は、四基のカメラいずれからもちょうど死角となる位置だった。彼が席を立つ二十時五十五分まで、席でなにをしていたのか、はっきりと見て取ることはできなかった。二十時三十分ごろから携帯端末で誰かと話しはじめたのがかろうじてわかる程度だ。

ああ、音声が入っていればなぁ。後方支援部隊の誰かに頼んで、ノイズを消して磁気を増幅し、あの男と通話相手の音声だけを取りだしてもらえれば、はたしてあの男が《見えざる焔《インビジブル・インフェルノ》》本人なのかどうか、他にどんな犯罪をもくろんでいるのか、知ることができるんだけど……。

巻き戻してもらって、男の顔がいちばんはっきり見えてるところで止めてもらう。

平坦《へいたん》な鼻、横にせり出した頬《ほお》と扁平《へんぺい》な顔立ち。モンゴロイドの特徴をすべて備えている。マネージャー氏が言ってたとおり、キツネに似ていて、なんか小ずるそうな印象を受ける。

「ねっ、このレーザーディスケットのコピーをもらえない？」

「どういうことなんですか？　もしかすると、ゆうべのCSIヴァン襲撃と関係あるとか？　この人も犯人の一味だったってことなんですかね？」

老マネージャーは興味津々といった感じで目を輝かせている。ちょっとあんた、年甲斐《としがい》ってものをわきまえろっての。

「今のところはただ、重要参考人としか言えん。とにかく、コピーを頼む」

――コピーディスケットを受け取ったあたしたちは、外へ出た。天を仰ぎ、思いきり深呼吸。星のない夜空が黒くて厚いカーテンのようにかかっていた。

DASHの事務所ではなんの情報も得られなかったけど、これで一陽来復《いちようらいふく》といったところか。

寮に帰ったら、あの映像から無国籍人間《ターミナル・マン》の顔写真を作成するとしよう。それぐらいのことだったらあたし程度のスキルでも可能だし。

「とりあえず、時間も時間だし、今日の調査はこれでお開きね。続きはまた明日」

「あのトレンチコートの無国籍人間《ターミナル・マン》は、《見えざる焰《インビジブル・インフェルノ》》と同一人物なのだろうか？」

「……うーん、どうだろ。いや、やっぱりちがう気がする。なんていうか、あいつがそうだったらと思うと、正直拍子抜けだしね」

「ほう？」

「だってさ、あんな冴《さ》えない宿六のためにあんなことが起きたかと思うと、あまりにも報われなさすぎるじゃない。あたしも、パパもさ。——あたしが思うに、《見えざる焔《インビジブル・インフェルノ》》はきっと山のような巨人で、目は血走り、炯々《けいけい》と輝いてて、大きな口からは瘴気《しょうき》が絶えず洩《も》れ、乱喰《らんぐい》歯《ば》がのぞいてて……」

「おいおい。それはすでに、人間の枠をはみ出したモンスターではないか」

「はは。それもそっか……」

そこで、はたと気づいて笑みを引っこめ、ごほんと咳《せき》払いをひとつ。

こらこら。なにを歓談なんかしてんだ、あたしは。糸口が見つかったんでついつい浮かれ気分になっちゃってるらしいな、どうも。《見えざる焔《インビジブル・インフェルノ》》をあたしの手から横取りしようと企んでるような人間に気を許しちゃダメだっての！

「はてさて、どんなご面相をしているのだろうな——《見えざる焔《インビジブル・インフェルノ》》は」

「……さあね」

《見えざる焔《インビジブル・インフェルノ》》の実像なら、九年前のあの事件以来、ずっと心に思い描いてきた。とにかく、ありとあらゆる負の要素を凝集した、悪人のなかの悪人。

奴《やつ》の容貌《ようぼう》はあたしのなかで時を経るごとに凶悪さと醜怪さを増していき、今ではあたしがさっき口にしたような人外《じんがい》の存在にまで育ってしまっていた。あと十年醸成させれば、エイリアンかプレデターぐらいにはなってるにちがいないね、うん。

「まあ、なんとかこの捜査が実を結べばいいのだがな……」

「……」

なに白々しいこと言ってやがんだ、こいつは。あたしはいつまでも寄生《パラサイト》を許しておくような女じゃないんだ！　今に見てろっ！

# 9

『さて、次のニュースです。先月からＬＡ《ロサンゼルス》でロボットが暴走する事故が相次いでいます。建造物破壊、民間人への暴行など、被害総数は二十件近くにのぼっています。各研究機関が調査にあたっていますが、直接の原因とされるものは見いだせておりません。暴走ロボットを出したいずれのロボット会社も、バグの存在を否定しております。ですがこのことから、警備ロボットに組みこまれている戦闘プログラムの存在の是非を問う議論が、反ロボット協会《人類同盟》から噴出しており……』

ネットのストリーミング放送のニュースをぼんやり鼓膜に受け止めながら、ウェブサイト、ニュースグループ、チャットルーム、アーカイブスに没頭する。

「クニオ・タナカ」――。英日の翻訳ページがあった。漢字で書くと、「田中邦夫」「田中国夫」「田中久仁雄」など、十以上もの候補があるみたい。それらで検索したところ、いくつか日本語のページがひっかかったものの、そのことごとくが「４０４」《Not found》だった。電子大国・日本が張り巡らせている完璧《かんぺき》な防壁の向こう側をのぞくことはできない。

英語、スペイン語のサイトは、「KUNIO TANAKA」では検索にはひっかからなかった。《スミスの家《Smith's home》》――。検索サイトでは二億五千二百四十四万三千百七十四件ヒット。とても物量的に調べきれる量じゃない。

「マクシミリアン・グループ」――。ＬＡのサンタモニカ市に本社を持つ、大手のコンツェルン。ロボット産業部門が頭ふたつほど突出しているが、車、製鉄、電気をはじめとする製造業から、銀行、証券などの金融業、ネットワークビジネスや商社まで、幅広く事業を展開している。全米でも第五位の業績を誇る。現会長兼ＣＥＯのグロム・バイロン氏は、わずか十年足らずのあいだにこのマクシミリアン・グループを大躍進させた傑物《けつぶつ》で、成功哲学に関する本を何冊も執筆し、ベストセラーを記録している。株価は高値安定。

特にロボット部門に関していえば、先月からＬＡで暴走ロボット事件が頻発しているなか、現時点でこのマクシミリアン・グループからは一体の暴走ロボットも出ていない。コストパフォーマンス、品質、アフターサービス、それらすべてが高い水準で保たれており、顧客からの評判は非常に良好。

「ふーむ……」

いちばん可能性がありそうなのは、マクシミリアン・グループにクニオ・タナカが勤めているか、あるいはなんらかの形で関与しているという線だ。

うーむ。だけど、仮にそうであったとして、いったいなにが証明できるっていうんだろう？《スミスの家《Smith's home》》は？「561S．4ZP」は？　あの無国籍人間《ターミナル・マン》は？　《見えざる焔《インビジブル・インフェルノ》》は？

それらの点をひとつにつなぐ線が、現段階ではどこにも見あたらない……。

「例の調査、どう？　あれから進展はあった？」

背後からシャンプーの匂《にお》い。ローラがあたしのPCディスプレイをのぞきこんでいた。バスタオル一枚を体に巻き、別のタオルでわしわしと髪を拭《ふ》いている。

細いが、ひきしまった筋肉質の、それでいて女性の柔らかみのある曲線を少しも失っていない体躯《たいく》。ほんのり上気して、桜色に染まった肌。大きく膨らんだ胸。なめらかなカーブを描く、背中から腰のライン。思わず生唾《なまつば》を飲みたくなるほどにきれいな脚。

ホント、モデルになったほうが金も稼げただろうし、そっちで名を売ればTVドラマや映画《ホロ》にもお呼びがかかったかもしれないのに。今さらだけど、もったいないなぁ。

「進展ねえ。まあ、進展があったといえばあったし、なかったといえばなかったかもだし……」

「なによ、それ」

あたしは、『風と共に去りぬ《Gone with the Wind》』に秘められていた人名「クニオ・タナカ」が割れたことと、ゆうべのカフェの監視カメラから無国籍人間《ターミナル・マン》の面相が明らかになったことをかいつまんで話した。

「ふーん、そうなんだ……」

ローラはクローゼットのほうに向かおうとしたけど、急に立ち止まった。

「あ、そういえば」

と振り返る。なんか刑事コロンボみたいだ。

「あなたのことが、同期生たちのあいだで話題になっていたけど。なんか、あなたがレオン教官とおぼしい人と、バイクで出て行くのを見たって人がいてさ。まさか、そんな話があるわけないよね？」

「えっと、それは……」

目ざとい奴《やつ》もいるもんだ。まあ、あいつの超大型バイクは目立つからなあ。

「——そうだよ、さっきまでずっとあいつと一緒だった。あいつと組んで捜査してた」

「ええっ！」

ローラは目を丸くし、すっとんきょうな声をあげた。

「なに、そんな驚くようなことなの？」

「だってあなた……レオン教官と？『教官殺し』のあなたが？　今日だって、あんなにいがみあってたじゃない。それが、どういう風の吹き回しなの？」

「あたしだって、好きであいつと組んだんじゃない。ただ、今日の二限のあいつの講義中に、個人回線《プライベート・コール》を使ってたのが筒抜けになってて、あたしがあの暗号を追いかけてるってことを知られちゃって。それで、この件を掘り下げて調査する条件として、あいつの監督のもとで調査せざるを得なくなったんだ」

「へーっ。じゃあ、レオン教官は、あなたの話を聞いて、その無国籍人間《ターミナル・マン》を逮捕する必要があるって判断したんだ？」

「……いや。そうじゃなくって。ほら、あたしにはあのことがあるから。レオン教官はそれを知ってた。だから、あたしに機会をくれたんじゃないかなぁ」

せいいっぱい好意的に解釈すればねぇ——。口のなかでそうつけ加える。奴《やつ》の本当の魂胆《こんたん》は見え透いてるんだけど。

「あ……。そ、そっか……ごめん」

「いいって。今さら、そんな気なんか遣わなくったって」

「う、うん……でも、ごめん」

まあ、きょう一日つきあってみて、あのレオン教官にとってなにが不快でなにがそうでないかがはっきりわかった気がする。

要するに、謹厳実直《きんげんじっちょく》。規律第一。四角四面。ＳＷＯＲＤという組織を大切に思い、自分がその一員であることに誇りを持ってる。

それでいて腹黒い一面も持ちあわせており、あたしをダシにして《見えざる焔《インビジブル・インフェルノ》》の逮捕という手柄を立てようとしている。まったく、たいした二重人格者だ。

「……でも、レオン教官は厳しいけど、悪いウワサはぜんぜんないよね」

「ああ、聞かないね。そこがまた気に食わない」

「クールだし、貫禄《かんろく》はあるし、ハンサムだし」

「そこもまた気に食わない」

「あら、なんでそんなこと言うの？　だって、わざわざ時間を割いて調査に協力してくれたんでしょ？」

「けっ……」

そんなの、力を貸してくれって頼んだ覚えなんかないっての。あたしはもともと誰の手も借りるつもりはなかった。これはあたし自身の神聖な戦いだからだ。

それだってのに、あいつは偉そうな顔して横槍《よこやり》を入れてきて！　いったい何様のつもりだ！

「……ふう」

ミニ冷蔵庫からギンギンに冷えたコーラの缶をふたつ取りだし、ひとつをローラに放って、プルトップをひねった。

血の昇った頭をクールダウンしつつ、画像処理ソフトを使って、カフェからもらった監視カメラのレーザーディスケットのコピーから、例の無国籍人間《ターミナル・マン》の顔写真を作成する。解像度が低すぎるので、可能なかぎりの補正を加える。

うーん、こんなもんか。満足のいく出来にはほど遠いものの、どうにか目鼻立ちが確認できるぐらいにはなった。これで妥協しとこう。

じゃ、あたしも棺桶《かんおけ》シャワーを浴びて、レポート作成の続きを――っと、いけないいけない、忘れるとこだった。ホームアイコンをクリックして、SWORD訓練生用のコミュニティホームページにアクセスする。毎日十八時に定期更新されるこのページにより、訓練生たちは向こう一週間の講義内容を確認するのだ。教官側の伝達事項もこのページを通じておこなわれる。

「ローラ！　明日のガードナー教官の戦術理論、休講だってさ！　あさっての一限に補講だって！」

「あら、そうなの？　他になにか新規の連絡とかある？」

「新規？　新規、っと。ん……？」

マウスホイールを上に巻きあげ、うっかり読み飛ばしそうになった一行を見直した。トピックの横に小さく「NEW！」と表示されてる。今日アップされたばかりのニュースらしい。

『モニター人員募集。新型戦闘用ロボットとの格闘戦。要F C《ファイタースーツ・コンバット》講義受講生。募集人数一名。薄謝あり。依頼主《クライアント》、マクシミリアン・グループ、ロボット開発部門』

「……これだっ！」

あたしはばしんと膝《ひざ》を打っていた。

# 10

「……あのさ」

「ん？」

組みあわせた手の上にあごを乗せ、宙の一点を見つめていたレオン教官の視線が、あたしの顔に吸いつけられた。

「なんでまた、あんたがくっついてくるわけ？」

ここはＳＷＯＲＤの戦略用車両内。壁にはあたし専用のファイタースーツがかけられている。左右にベンチが設けられ、あたしとレオン教官はさしむかいになる形で座っていた。サスペンションが道路の凹凸《おうとつ》を拾うたび、車内を振動が駆け抜ける。

「きみが自分で言っていたことではないか。以前、無国籍人間《ターミナル・マン》の落とし物の用箋《ようせん》から、『マクシミリアン・グループ』という手がかりが出ていたはず。先方からうちにモニター募集の広告掲載依頼があったさい、きみが真っ先に名乗りを上げるであろうことは予想がついていた」

「あ、そ」

我が身の不運をめいっぱい呪《のろ》う。ほんと、面倒くさい奴《やつ》に捕まってしまったもんだなぁ。

「きみの狙《ねら》いは読めてるぞ。『クニオ・タナカ』や『スミス』、『561S．4ZP』にひっかかるデータがないか、スキを見て社内のPCをハックするつもりだろう？」

「……」

「いいか、断じてそんなまねはするな。それはもう、捜査という枠をはみ出して、産業スパイ行為ということになる。見つかった場合、俺《おれ》もかばい立てすることはできん。『クニオ・タナカ』や『スミス』については、そういう名前の社員がいるかどうか、俺が正面から問い合わせて、データ提出を求める。きみもそれで妥協しろ」

「……あんたさあ、なんかカンちがいしてない？」

「どういう意味だ？」

太い眉《まゆ》が怪訝《けげん》そうに内側に寄せられた。

「あたしはね、大嫌いなロボットをぶちのめして金一封もらえるってんで、こんなおいしい話はないって思って志願した。ただそれだけのこと。証拠物件のマクシミリアン・グループの用《よう》箋《せん》ってのも、今言われて『そうだったっけ？』って思いだしたぐらいだし」

「とうてい信じがたい話だな。きみは昨日、あれだけ事件の調査に執念を燃やしていたではないか」

「だってさあ、いろいろ考えたけど、やっぱ探偵稼業とSWORD訓練生としての生活は、とても両立させられないよ。《見えざる焔《インビジブル・インフェルノ》》をこの手で捕まえたい、って気持ちを持ってることは否定しないけどさ、逮捕権も捜査権も持たないあたしには結局どうすることもできないじゃん。だから、明日にでも警察に連絡して、あたしが目撃した無国籍人間《ターミナル・マン》のことを洗いざらい話すつもり。それで一日でも《見えざる焔《インビジブル・インフェルノ》》の逮捕が早まるなら、それに越したことはないでしょ？」

目と語尾で同意を訴えかけたけど、レオン教官はぴくりとも表情筋を動かさなかった。

「きみにとって《見えざる焔《インビジブル・インフェルノ》》は因縁浅からぬ相手だというのに、そんなかんたんに割り切ってしまえるのか？」

「かんたんなんかじゃないっての。でもさ、人間には分《ぶん》ってものがあるじゃん。あたしが持ってる情報をあたし以上に有機的に使える組織である警察やＦＢＩにまかせたほうが、事件は早期に解決する。だったらあたしはそれでいい」

「……そうだったか、すまない。それを聞いて安心した。わかってくれたのだな」

「うんうん」

あたしは歯を見せて笑ったけど、レオン教官はにこりともしなかった。とことんノリの悪い男だ。

カーテンのすきまからのぞく窓外では、天を衝《つ》くビル群が、青い空をギザギザに切り取っていた。サンタモニカのオフィスビル街へ入ったようだ。

やがて、車両が急速にスピードを減じた。運転手が入り口ゲートで身分証を警備ロボに提示し、戦略用車両はマクシミリアン本社ビルの地下駐車場へと入っていった。奥にある車両用エレベータでさらに下降する。ゲートが開く。狭苦しい空間に出る。

あたしとレオン教官は後部扉から出た。白衣の男性がふたりと、背の高い女性がひとり立っていた。

「ようこそ。お忙しいなか、わざわざお時間を割いていただき、たいへん恐縮です」

「俺《おれ》はSWORD隊のレオン。こっちが本日のモニター生、認識番号AX773261です」

SWORD訓練生は、外部の人間の前では本名を明かせないことになっている。こういった場合、単に「It《イット》」扱いされるか、認識番号で呼ばれるのが通例だった。

「私はロボット開発部主任のロバート・ブラウン。こちらは同じくロボット開発部のオイスター・シュルツ博士。こちらは保安部長のフランシス・レナード女史」

「よろしくお願いします」

三人と握手してまわる。ブラウン博士とシュルツ博士は、初老ぐらいの年齢で、いかにも理系の人間とおぼしい、ガリガリに痩《や》せ細った体軀《たいく》をしていた。握った手も骨と皮ばっかりで、うっかり力をこめたら握りつぶしちゃうんじゃないかって本気で心配したぐらいだ。

その一方で、フランシス女史は、百六十五センチあるあたしよりもさらに十センチほど上背があった。すらりと細身の、ユニセックスな体型。年は三十五歳前後ぐらい。茶褐色のベリーショートの髪。両耳に大きな円環形のピアスを通している。目は切れ長で肉は薄く、口は真一文字に結ばれていた。あまり愛想のいいタイプじゃなさそう。どちらかといえば南部人の骨格だ。なんていうか、うまく表現できないけど、素通りできない目を持った女性だった。

「さっそくですが、隣室に新型戦闘用ロボット、『タイタニア２１００』を用意してあります。そちらもファイタースーツの着用をお願いします」

ひとり戦略用車両に戻ったあたしは、ファイタースーツをハンガーのフックからはずし、着用した。システムプロセスチェックがはじまる。心拍数、血圧、アドレナリンの分泌量、筋組織中の酸素濃度、スーツとのシンクロ率……。ＨＵＤ《ヘッド・アップ・ディスプレイ》を膨大な英数字の群れが流れ去る。

耳の底に鳴るノイズが、くっきりした構成要素に分かれる。空気の対流する音、足音、呼吸音、人声。温度のちがいが縞模様のように、視覚的に浮かぶ。

車を降り、マクシミリアンの三人とレオン教官の最後尾について、廊下をしばらく歩く。何度か角を曲がったのち、一枚の扉に突き当たる。ブラウン博士がドア脇《わき》のコンソールに手をかざすと、扉が左右に開いた。

制御ルームのようなところに出た。一列に並んだデスクは、モニタ付きの一体型。壁際に並んでいるのは、大きな電気制御盤だ。

ブラウン博士はレバーを引き、さらにその奥の扉を開けた。

「この先へ進んでください。次の部屋で新型戦闘用ロボット『タイタニア2100』とテストマッチをしていただき、我らはここでデータを採ります」

「了解《ヤー》」

歩を進めると、背後で扉が閉まった。短い廊下の先に、もう一枚扉があった。前へ進んでいくと、自動的に扉は横にスライドし、あたしに道をゆずった。

縦にも横にも大きな空間だった。高校の標準的な体育館より少し手狭なぐらいか。壁にいくつか埋めこまれた光源も、室内にわだかまる暗闇《くらやみ》を追い払いきれていない。

人をかたどった鋼が、室内の中央に佇立《ちょりつ》していた。部屋の中央に進み出てきたあたしに反応してレジュームし、頭部のカメラアイを赤く点滅させる。シューッと空気が吐きだされる音がして、鋼の人形が前へ踏みだしてくる。

今回想定された状況は、銃火器類を使用しない、純粋な格闘戦だ。

簡易催眠で焼きこんだ野戦反応ブースターをキック。より高次の次元を認識できるようになる。たとえて言うなら、一段高い位置から世界を見下ろしてでもいるような、そんな感覚。

薄暗かった部屋のディテールが明らかになる。それだけじゃない。空気中に放出されるファイタースーツの排気熱も、ちょっとした身動きによってかき乱される空気の動きも、すべてを知覚できる。

両の拳《こぶし》をがつんとぶつけ合い、気合い注入っ！　よし――いつでもＯＫっ！

『それでは、はじめてください』

ブラウン博士だかシュルツ博士だかのアナウンス音声が室内に反響する。

まずは腰を落とし、重心を低くする。牽制《けんせい》の前蹴《げ》り。つづけて軽いジャブを放ち、相手との間合いをはかる。

向こうもあたしとの距離を微調整しながら、じりじりと円を描くように動き、あたしの死角にまわりこもうとしてくる。妙に人間臭い動きだ。あたしも同様の動きを取る。しばらくはそのままのにらみあいが続いた。

先に仕掛けたのはロボットだった。正拳《せいけん》突きを体捌《たいさば》きでかわす。だけど、あたしの回避行動を読んでいたかのように、もう一方の拳《こぶし》がフックで襲い来る。反射的に払う。火花が散り、重い手応《てごた》えが腕を痺《しび》れさせる。

あたしが引いたぶんだけ相手は間合いを詰めてきた。さらに数歩引き、間合いをはずし、反撃に転じた。右、左、右……。あたしが繰りだす拳はロボットの防御を破れない。

鋭く斜めに踏みこみ、跳躍しざま、身体を一回転させた。が、全体重を乗せて放ったはずのまわし蹴《げ》りは、タイタニア２１００がわずかに右腕を掲げただけで、防がれていた。

「くっ！」

着地するやいなや、視界が回転した。足払いをかけられ、ぶざまに転倒したのだ。左肩口に重い衝撃。フックを叩《たた》きこまれていた。声も出せないほどの激痛。寒気《さむけ》が背骨を貫いた。

さらにもう一撃。必死に身体を横に転がし、かわす。さらに横に転がる。頭のすぐ脇《わき》に重たげな踵《かかと》が落下し、床を破砕した。

ごろごろ転がりながら体勢を立て直し、身構える。が、次の瞬間にはタイタニア２１００に真正面から躍りかかられていた。

「ぐっ！」

両腕と両腕が絡みあい、がっぷり四つに組みあった。

渾身《こんしん》の力をこめ、押す。しかし、それ以上の力で押し返される。さっきダメージを受けた左肩に灼熱《しゃくねつ》が広がる。ぐ、ぐうっ……！

目に汗が流れこみ、視界が滲《にじ》む。しくじった——正直、あなどりすぎていた。なんとかここから挽回《ばんかい》しなきゃ……！

脳内のセフティを破る。覚醒《かくせい》した潜在筋力により、両腕にさらにパワーをこめる。敵ロボットのアクチュエーターが生みだす力を少しずつ負かしていく。みしみしと音がして、タイタニア２１００の両腕の装甲にヒビが入り、紫電を放つ。

まったく、ひやっとさせてくれるじゃんか。けど、ここまで来れば負けはない。あとはこの

まま力押しで――。

と、いきなり身体が前へ崩れた。同時に、ものすごい速度で鋼の膝《ひざ》が視界を埋める。顔面に膝蹴《げ》りを叩《たた》きこまれたのだ。頭のなかで光が爆発し、鼻の奥にきな臭さが広がる。ＨＵＤ《ヘッド・アップ・ディスプレイ》がひしゃげる。ステータス異常を示す英数字の奔流。

目の前が暗転する。やば……ダメだ、意識を手放すな、あたしっ！　バックステップして、リカバリーの時間を稼いで……くそっ！

鋼鉄の人形は身体を屈《かが》め、マウントタックルをしかけてきた。

逆らわず、相手の力を利用して、斜め後方へと投げ飛ばす。ロボットは空中で華麗に一回転し、両の足で着地した。

ちくしょう、ほんっとしぶといやつだ！　よし、今度はこっちから――って、あれ？　くそっ、めまいが――。

あたしの意思に逆らい、体はがくりと片膝をついていた。それが致命的なスキとなった。一瞬にして左腕を絡め取られた。関節を極《き》められ、力が加圧される。骨と神経の束がぎしぎしと鳴り、寒気《さむけ》と嘔吐感《おうとかん》が生ずる。

や……やばい！　はっきり言って、シャレになってない！　このままじゃ、やられる……！

「ぐ……！」

あたしはありったけの推進剤《スラスター》を駆動系に注入し、力まかせに身体を振りまわした。

ロボットは弾丸のごとく吹っ飛び、壁に激突した。ひび割れ、陥没した強化コンクリートの壁に、磔《はりつけ》にされたような格好でめりこむ。

そこまでだった。あたし自身の体力の消耗、ボディアーマーの損傷率から、ファイタースーツに搭載されたCPUは、「戦闘続行不能」の判断を下した。自動的にモードがスリープ状態に移行する。脳波増幅装置が簡易催眠を醒《さ》まし、研ぎ澄まされていた五感が伝えるものが急速に遠ざかる。

胸の内側をばくばくと心臓が叩き、激しい動悸《どうき》が耳元で鳴っていた。

一方のタイタニア２１００は、カメラアイを不規則にチカチカ点滅させたあと、そのまま動かなくなった。

扉が開いて、レオン教官が駆け寄ってくるのを、あたしは荒く息を継ぎながら見つめていた。

左肩を無意識のうちに押さえていた。ささくれだった装甲の裂け目から、ぬるぬるとした液体が滲《にじ》みだしていた。

# 11

芳香漂う黒い液体が、苦く、それでいてコクのある味を舌に染みさせる。

あたしはコーヒーにはミルクたっぷり入れるのが好みだけど、思わず節《せっ》を曲げたくなるぐらいここのブラックはイケてる。

25階建てのマクシミリアンの社屋、1Fにある社員専用のカフェラウンジ。あたし、レオン教官、ブラウン博士、シュルツ博士の四人は、ひとつの丸い卓を囲い、コーヒーマグ片手にくつろいでいた。

シックな欧風アンティークのソファとテーブル。掛けられた版画はあまりにも慎重に選ばれ、調度のたぐいはあまりにも完璧《かんぺき》に配置され、飾られた彫像や動物の剝製《はくせい》は作品への情熱というより、それが作られた土地を代表させる意図で集められたように見えた。なんか、カフェラウンジというより、博物館に案内されたような気分だ。

それはさておいても、座り心地のいいソファだ。人間工学に基づいて造られたであろうそれは、脊髄《せきずい》の曲率に合わせてもっとも負担の少ない角度で、あたしの重みを引き受けてくれている。

テスト戦闘後、あたしは医務室に連れていかれ、かんたんな検査と応急処置を施された。脳波を測定し、頭蓋骨《ずがいこつ》や首の骨に異常がないかをレントゲンで調べられた。結果、どこにも損傷はなかったんで、ホッとした。左肩の青あざには鎮痛消毒フォームジェルを吹きつけられた。二、三日は痛むかもしれないけど、この程度で済んでよかった。また、聞いた話では、危険手当として謝礼がいくらか割り増しされるとのことだった。

「貴社の技術には、ただただ感服するよりほかない。ファイタースーツを着た訓練生を白兵戦であそこまで追いこむとは」

レオン教官の言葉に、ブラウン博士もシュルツ博士も顔を見合わせ、まんざらでもなさそうに微笑《ほほえ》んだ。

あれ……そういえば、さっきまでいたフランシス女史はどこ行ったんだ？　あ、そっか。確か保安部長と言ってたから、もう本来の仕事に戻ったのかな。さっきは、あたしたち外部の人間をチェックする意味で同席しただけなんだろう。

「人間は獣より弱い。それでも人間は道具を使い、獣を狩る。彼女が武器を手にしていれば、またちがった結果になっていたでしょう」

ブラウン博士はあたしを気遣ってか、そう言ってくれたけど、あんまりフォローにはなってない気がする。だって、あたしに武器があったって、あのロボットも武器を装備してりゃ、なんも変わんないじゃんか。

「他のどんな要因よりも、ファイタースーツの存在こそが、我らSWORDを世界最強の特殊部隊たらしめているのですが、それもいずれはひっくり返されるかもしれない。もはやコンピュータや機械は人間の手を離れてひとり歩きし、勝手に進化を続けている。それに我々人間のほうが合わさなければならない。日本の漫画家《コミックアーティスト》、オサム・テヅカが危惧《きぐ》していたような、機械に支配される時代になりつつある」

レオン教官がそう言うと、ブラウン博士とシュルツ博士は揃《そろ》ってうなずいた。

「そしてかの国日本は、みずから進んで機械に支配されることを望みましたな。禁忌の技術を用い、革新に革新を重ね、かの東洋の島国では、今ごろ規格外の性能を持った軍事用ロボットが開発されているにちがいありません」

「ですが日本とは、あなた方研究職の人間にとっては、まさに理想郷《ユートピア》なのでは？　道徳や倫理、あるいは《人類同盟》のような反ロボット団体に気兼ねすることなく、いくらでもバイオ技術の研究ができる。政府からは補助金が出る。ロボット工学博士の社会的地位は大臣クラスを上回る」

レオン教官に水を向けられ、ブラウン博士もシュルツ博士も、コーヒーのなかに答えが沈んでいるとでもいうように、マグをしばしもてあそんだ。

「はは……なかなか痛いところを突いてきますな。バイオ技術の進歩と、人間としての倫理は両立しない。あの国はそれをすべて承知しつつ、狂った神へ向けての進化を望んだわけですし。国連脱退に、鎖国政策。さらなるバイオ技術の追究。国民はいったいそれをどう受け止めているのでしょうな」

　ブラウン博士がそう答えると、シュルツ博士も横から言葉を添えた。

「日本が主張している、『優秀な道具を正しく使いこなせない人間のほうに問題がある』という論理にも、確かに一理はあるのですがね。我々にバイオ技術を使いこなせるだけの知恵が備わっていれば――」

　レオン教官も博士らも、すっかり和気あいあいと会話を弾ませている。お年寄りは若者の相手をすることを喜ぶ傾向があるけど、この博士たちもそういうタイプなんだろう。

　レオン教官はふいにあたしを見た。

「どうだった？　あのロボット、タイタニア２１００を相手にしての感想は」

「な……なによ、突然」

「予想よりも強かったのか、弱かったのか。もういちど戦ったとしたら結果は変わるかどうか」

「そりゃまあ……。強いか弱いかって聞かれれば、じゅうぶん強かったと思うけど。昆虫型とか、単一の武器しか装備できない旧型の戦闘用ロボット相手だったら、十対一の戦力差があっても余裕で勝てるんじゃない？」

「ほう、いつになくしおらしいな。タイタニア２１００相手に苦戦したことが、相当こたえてるらしいな」

「えっ……」

　レオン教官は口の端を持ちあげた。

「慢心は戦いにほころびを生む。きみは誰より強いつもりでいたのかもしれないが、上には上がいるということを忘れるな。仮にあのロボットが十体、二十体と徒党を組んで攻めてくるような事態があれば、ＦＣ《ファイタースーツ・コンバット》できみが身上としているようなスタンドプレイは絶対に通用しない。あっというまに餌食《えじき》にされる」

「っ……」

　頬《ほお》が赤熱《せきねつ》するのを感じた。

　お説教だったら、よその人間がいる前ではしないでほしい。あたし、学生のときマクドナルドのバイトしてた時期があったけど、店長や先輩は、事務室やロッカールームに呼びつけたうえで説教した。けっこう理不尽なことも言われたし、その当時はそれなりにムカついたけど、今にしてみれば、あれはお客さんとあたしの両方がイヤな思いをしないための適切な処置だったって気がする。だってあたしがお客さんなら、店員がガミガミ怒られてるところに鉢合わせするのは気まずいし。怒られるほうとしては、同輩やお客さんの前で叱《しか》られるのは恥の上塗りだし。

　だってのに……それぐらいの気も使えないのか、このスカタンがっ！

「あの、すみませんが、お手洗い借りてもいいですかっ？」

「ああ——はい、どうぞ。壁の案内パネルにタッチすれば、フロア全体の地図が表示されるようになっておりますから」

ブラウン博士がラウンジの出口を指さし、そう教えてくれた。

「どうもすみません。——それじゃレオン教官、ごゆっくり！」

乱暴に靴音を響かせながらラウンジを出たところで、つるりと両手で顔をこすった。憤然としていた顔つきを洗い落として、デフォルト状態のあたしに戻る。ま、ほんの99％ぐらいは本気でムカついてたから、うまく表情も態度も装えたはずだ。

まずは教えられたとおり、壁ぎわにある譜面台みたいなオブジェに近づく。手をかざすと、三次元ホログラフィが浮かびあがり、１Ｆ全体の地図が空中に描きだされた。現在位置を確認し、各部屋の位置を頭に刻みつける。

３Ｆまで吹き抜けになっている、総面ガラス張りとなった廊下を歩く。これまでにマクシミリアン・グループのロボット開発部門が設計・開発したロボットが、モニュメントがわりに飾られていた。ガラスごしに射《さ》しこんでくる光はまだ赤くなく、鈍い黄といった色合いだった。

エントランスホールは、ホテルのロビーに似ていた。正面向かいにあるカウンターには、スチュワーデスを思わせるコスチュームを着た若い女性が数人座っていた。

事務室は……ダメだ、人目がある。ファイル処理やコンピューター端末の操作と、みんな忙しそうにしてるけど、部外者が立ち入ればすぐバレるだろう。

顧客相談センター……ここもダメだ。オペレーターの女性社員たちでぎっしり埋まってる。誰にも見とがめられず、社内LANに接続できるPC……。どこかにひとつぐらいあってもよさそうなもんだけど……？

あたしの胸には来館者バッジがついてるんで、すれちがう社員たちが丁寧に会釈してくる。あたしとしてはひたすら後ろめたい。

ドアに耳をつけてみて、誰かの気配があればそれでアウト。その部屋への出入りは断念するしかない。まれに誰もいなさそうな部屋があっても、必ず鍵《かぎ》がかかってる。くそ、あんまりもたもたしてるとレオン教官に怪しまれるぞ……！

1Fはあきらめて2Fに上がってみようかと考えかけた、そのときだった。非常階段そばの、他の部屋からはだいぶ奥まったところに、ぽつんと部屋があった。

入り口の脇《わき》にプレートが貼《は》られている――「社史編纂室《へんさんしつ》」。中には――しめた、誰もいない！

データはすべてデジタル化されているとおぼしく、紙媒体を収めるファイリングキャビネットなどはいっさい見あたらなかった。分厚い絨毯《じゅうたん》の上に大きな机があり、ワークステーションとレーザープリンタが置かれている。そのうしろに見られるのは、剝製《はくせい》の獅子《しし》の頭とか、トロフィーとか、銘酒棚とか。無彩色のつるりとした壁に囲まれた五メートル四方の部屋だ。

ドアは内側に開きっぱなしのままで、「故障中《Out Of Order》」と書かれた紙が貼られていた。ためしに動かそうとしてみたけど、びくともしなかった。

どうしよう？　ドアを閉められないんじゃ、誰かが廊下を通りかかれば、一発で見つかっちゃうけど……。

「ええい、ままよ！」

ワークステーションにとりつき、電源を入れると、ＨＤＤがガリガリと音を立てた。起動パスワードを求められる画面になった。机の上やディスプレイにパスワードが書かれたメモ用紙でも貼られてないかと探してみたが、見つからない。

「……そうだ！」

５６１Ｓ．４ＺＰ——そうタイプして、エンターキーを押す。入力は弾かれ、再度パスワードを求められる画面に戻った。

ありゃ。いけると思ったんだけど、ダメか。

だったらしょうがない。一度電源を切って、別モードで起動して……と。画面上にまたたくカーソルを見つめながら、両手をズボンでこすった。指先を持ちあげ、一連のやや複雑な命令を打ちこんで……と。やった！　うまくＯＳの裏側から侵入できたっ！

社内ＬＡＮに接続し、「社員名簿」のページにアクセス。どきどきしながら、「クニオ・タナカ」で検索してみる。該当は……ゼロ名？　クニオ・タナカはマクシミリアン・グループの人間じゃないの？

「おや……？」

マクシミリアン・グループ社員名簿の検索欄に、「国籍」がある。「無国籍」がそのなかに含まれていた。無国籍のみの条件で再検索……該当六十二名。今度は全部を空欄のままで検索……該当七百十一名。

「うーん……？」

七百十一人中、六十二人が無国籍人間《ターミナル・マン》か……。無国籍人間《ターミナル・マン》ってのは、一部の例外を除けば、基本的には食いつめ者ばっかだ。何十年か前に法改正され、永住権《グリーン・カード》を持たない外国人でも、この国で働けるようにはなってる——かなり厳しめの制約はあるけど。無国籍人間《ターミナル・マン》は低賃金かつ長時間拘束、重労働といった悪条件でも働かざるを得ないんで、どこの会社でも安価な労働力として採用枠はもうけられてる。

無国籍人間《ターミナル・マン》の労働組合みたいのが発足すればまた事態は変わるんだろうけど、今んとこそういう運動は起きてない。

でも、全社員の一割近くが無国籍人間《ターミナル・マン》なんて、ちょっと多すぎやしないかな？　いや、一割程度なら許容範囲なのか？　実に微妙なラインだ……。

社員データには、所属部門、性別、生年月日、血液型、現住所、最終学歴のほか、ひとりひとりの顔写真が載っていた。これだ！　これは使える！　これを、あのカフェから提供してもらった監視カメラの男の顔と照合できれば……！

リムーバブルメディアにデータを移したいところだけど、それでは痕跡《こんせき》が残ってしまう場合が多い――ってのを、電子戦の講義で教わったような気がする。かといって、痕跡を消すだけのハック技術をあたしは持ちあわせてない。

だったら手段はひとつ。プリントアウトすればいい。原始的な手段だけど、これがいちばんバレにくい。

机の脇《わき》のダンボール箱のなかに、Ａ４サイズの印刷用紙が積まれていた。いいところにいいものがあるじゃないの。レーザープリンタに白紙の束を噛《か》ませ、「印刷実行」のアイコンをクリックする。

一枚をプリントするのに約五秒。六十二人分で約五分の勘定になる。

現場を押さえられたら言い訳がきかない。ドアは閉まらないし、プリンタは音を立てて紙を吐きだしているし、部屋のどこにも身を隠せるようなスペースはないしで、この部屋の前を誰かが通ったら、あたしは身の破滅だ。

そっと社史編纂室《へんさんしつ》を出て、付近の廊下をうろうろしだした。五分でいい。五分間、誰にも見つからなければ……。

「あら、あなたは……」

だしぬけに呼びかけられ、ぎくっとしながら振り返った。猛禽《もうきん》のような鋭いまなざしがあたしを見据えている。保安部長のフランシス女史だった。

「ど、どうも……」

あたしの会釈に、向こうはあいさつを返そうともせず、固い声をぶつけてきた。

「どうかなされたんですか？　こんなところで」

「あっ、いや、その……。トイレを探していたら、迷っちゃって……」

なんというか、この女性には、どこか人をぴりぴりさせるようなところがあった。現にこうやって向かい合っているだけで、冷や汗が噴き出た。

「それでしたら私がご案内します。どうぞこちらへ」

「そ、そう……。ご親切にどうも……」

ここで断ったら怪しまれる。なんとか機会を見つけて、あとでプリントアウトを回収しに行くしかない。

——だが。トイレを済ませて外へ出たあたしは、ふたたびフランシス女史の無感動な目と対峙《たいじ》することになった。

「もうよろしいですか？　では、ラウンジまでご案内します」

うう……まさか、待ってるとは思わなかった。参ったな、どうすればいい……？

「——もういいようだな」

声のほうを振り向く。レオン教官がその場に立ちつくし、あたしに静かなまなざしを注いで

いた。

「帰るぞ。ついてこい」

「あ、う……」

ゲームオーバーだった。フランシス女史に付き添われて廊下を歩き、エントランスホールでブラウン博士とシュルツ博士、その他受付の女性職員らの見送りを受け、外へ出た。紫紺の空が目に染みる。

すでにSWORD職員の運転手が戦略用車両を表にまわしてくれていた。虫が羽根をひろげるようにして後部ドアが開き、あたしとレオン教官を飲みこみ、発車した。

「……あんた、よくも邪魔してくれたわね！」

レオン教官はわずかに目を細めた。

「やはりなにかしでかそうとしたのか。『あとは警察にまかせることにした』なんて言ったのは、真っ赤なウソだったんだな」

「う……うるさい！　だいたい、みんなあんたが悪いんだ！　あたしは最初からひとりで調べるって言ってるのに、昨日といい今日といい、金魚のフンみたくくっついてきて！　あんたが邪魔しなきゃ、マクシミリアン・グループの無国籍人間《ターミナル・マン》のデータを持ち帰れるはずだった！　きっと、《見えざる焔《インビジブル・インフエルノ》》につながるなにかをつかめたにちがいないんだ！　それを、みんなあんたがフイにした！」

今まで栓をしていたものが取れたかのように、激情が喉《のど》からほとばしった。

二メートルと離れていない距離からあたしの怒気を受け止めながら、レオン教官はわずかなりとも表情を変えなかった。

「やれやれ。手八丁口八丁で人をだましておいて、そのあげく逆ギレか。たいしたものだ」

「《見えざる焔《インビジブル・インフェルノ》》はあたしが捕まえるんだ！　あんたなんかお呼びじゃない！　もうこれ以上あたしにつきまとうな！」

「思いあがるなっ！」

瞬間、レオン教官の体が倍以上に膨れあがったかのような錯覚とともに、全身鼓膜状態でビリビリさせられた。すさまじいばかりの雷喝《らいかつ》だった。

蛇《へび》ににらまれたカエルのごとく呑《の》まれているあたしに向けて、顔つきと声のトーンを平常に戻し、レオン教官は続けた。

「いいか、ＳＷＯＲＤは組織だ。そしてきみはＳＷＯＲＤに属する人間だ。俺《おれ》はきみの訓練教官としてきみに言い聞かせたはず。捜査はしてもよい、ただし俺の部下として動くことが条件だと。ところが今日のきみは組織を逸脱《いつだつ》し、一個人として行動した。上官に対する卑劣《ひれつ》な裏切りであり、とうてい許しがたい行為だ」

「……」

声が喉《のど》に詰まった。

「《見えざる焔《インビジブル・インフエルノ》》にきみ個人が持っている復讐心《ふくしゅうしん》は理解しているつもりだ」

どんっ、と鈍い音。手首から肘《ひじ》を伝い、重い痺《しび》れが腕の付け根に走る。あたしが握りこんだ拳《こぶし》が、側壁に思いきり激突していた。

ぎりぎり、とみずからの歯ぎしりの音を聞く。

——あれは、今から九年前。あたしが十歳のころのできごとだった。

あたしのパパ、ルイは、当時ＳＷＯＲＤの中尉だった。

パパはフランス移民の出身だった。あたしが五歳になるぐらいまでは保険会社の調査員《オプ》をしてたけど、パパの能力を見込んだＳＷＯＲＤのスカウトに声をかけられ、ＳＷＯＲＤの門を叩《たた》いたのだ。

パパは入隊当初、実働部隊員として活躍し、凶悪な犯罪シンジケートどもと壮絶な戦いを繰り広げるなどして、見事な勲功を立てた。だがほどなく、調査員だったころの経験を買われ、潜入工作任務に従事するようになった。パパは、国連協定によって厳に禁じられたバイオテクノロジー開発を極秘裏におこなっている企業・研究機関などに入りこみ、その暗部を暴き立て、数多くの研究者をムショ送りにした。

しかし、そのことがアダになって、パパはその筋の人間から逆恨みされ、憎悪・報復の対象と見られるようになったのだ。

あたしは安息日にパパとママと教会に出かけた帰りに、馴染みのカフェでチョコレートパフェを食べさせてもらうのをとても楽しみにしていた。

そして、ある日曜日。カフェに立ち寄ったあたしがパフェを注文して。パパとママが向かいの席に座ってにっこり微笑《ほほえ》んでいて。そこまではいつもどおりの日曜日だった——そう、あたしがひとりでトイレに立つまでは。

あたしは用を足し終えて、洗面台で手を洗っていた。そこでいきなり頭上から影が落ちたかと思うや、刺激臭のするハンカチのようなものを鼻面《はなづら》に押し当てられた。悲鳴をあげるヒマもなく、あたしは意識を失った。

気づくとあたしは、薄暗くて薄汚く、広漠とした部屋に転がされていた。かすかに潮の香《か》がして、大きなシャッターが壁の一面に下りていて、ここは港の倉庫なんじゃないかと見当はついたものの、なにひとつ能動的行動を起こせなかった。手はうしろ手に縛られ、足首には固そうなロープが巻きつき、猿ぐつわを嚙《か》まされていた。

しばらくして、どやどやと話し声と靴音が近づいてきて、シャッターとは反対側にある壁の扉が開いた。チンピラ風の四人の若い男が入ってきて、芋虫《いもむし》以下の存在となったあたしを見おろし、下卑《げび》た笑いをほとばしらせた。

彼らはあたしの目元に黒い布を巻きつけ、視力までも奪い取った。

——頼みますぜ、《見えざる焔《インビジブル・インフエルノ》》の旦那《だんな》——。

誰かがそういうのがはっきりと聞こえた。そして、五人目の靴音が室内に入ってきたのだ。

それからどれぐらい経ったろうか。カチャカチャと金属の部品かなにかをいじったり、なにかを切断したり、なにかを取りつけたり、あるいははずしたり——といった物音がえんえんと聞こえつづけた。なにかの作業がおこなわれているみたいだったけど、聴覚のみではそれがなんなのかを判ずることはできなかった。

あたしはもう、自分がどうしてこんな目に遭わなければならないのかとか、今にも自分は殺されてしまうんじゃないかとか、パパとママはどうして助けに来てくれないのかとか、恐怖で震えつづけ、すすり泣いた。

しばらくして、また声が聞こえた。

——さあ、これでショーの準備は整った。心配しなくていいよ、お嬢ちゃん。大好きなパパがもうすぐ助けにきてくれるからね——。

その声に、ぎゃはははという知能指数の低そうな笑いが幾重にもかぶさった。ドアがぴたりと閉ざされる音がして、耳障りな笑い声は遠ざかっていった。

時間の感覚は完全に失われていた。だから、それが何時間後に起きたできごとなのかはわからない。

ガラスの砕けるような音がして、誰かがが部屋に飛びこんできたのだ。

——ベクシル！　大丈夫か！

ノイズ混じりの、くぐもった声。それでも、あたしはちゃんと聞き分けた。

パパだ！　パパの声だ！　パパが助けに来てくれたんだ！

重量物があたしの体の脇《わき》にしゃがみこむ気配があった。あたしを縛っていた縄が断たれ、猿ぐつわをはずされ、目隠しを解かれた。そこに、ＳＷＯＲＤのファイタースーツをまとった人影がいた。ヘルメットのバイザーごしに、パパはにっこりと微笑《ほほえ》んでいた。

安堵《あんど》の波があたしを襲い、あたしは火がついたように泣きじゃくって、パパにとりすがった。

――もう大丈夫だ、ベクシル。さあ、おうちに帰――。

そこまで言いかけた瞬間、パパの表情が激変した。視線があたしを通りすぎ、その向こうにあるものを見つめていた。

つられて振り返り、あたしは見た。壁になにか小型の装置が取りつけてあるのを。デジタル表示で赤い数字が「０：06」となり、ついで「０：05」となるのを。

パパは左右を見渡した。スーツに包まれた拳《こぶし》を握りあわせ、それを床に激突させた。打ちっ放しコンクリートの床はファイタースーツの剛力の前にひしゃげ、黒い深淵《しんえん》をのぞかせた。

あたしは頭がまっしろになった。パパは乱暴にあたしをその穴に突き落としたのだ。建物は複層構造となっていて、地下室があったのだ。あたしは瓦礫《がれき》の上に落下し、お尻を強打した。

首を上に向けた瞬間、すさまじい爆音が耳を聾《ろう》した。構造材の粉塵《ふんじん》や破片が穴から噴きこぼれてきて、あたしは涙と鼻水にまみれながら激しく咳《せ》きこんだ。

それからの数分間、記憶はきれいに途絶している。あたしはどのような手段によってか、自分が閉じこめられていた部屋に戻っていて、そこに転がる焼け爛《ただ》れた意識のない体を必死に揺すり、呼びかけつづけていた。——パパ、パパ！　しっかりして！　パパ！

——事情は、ぜんぶ後追い的に知った。あたしをさらった犯人たちは、ＳＷＯＲＤに犯行声明文を送りつけたのだ。港の倉庫街のひとつにルイの娘を監禁した、助けたくばルイひとりで来い——と。

そして犯人たちは、パパを仕留めるべく、《見えざる焔《インビジブル・インフエルノ》》を雇い、ＲＤＸ爆弾を仕掛けさせていた。爆弾には感度センサーがセットされていて、誰かが部屋に入ってきたとたんにタイマーが作動し、十五秒後にドカンと吹っ飛ばすって機構になってたらしい。

パパは、あたしを連れて脱出するだけの時間的余裕はないものと判断し、あたしを地下室に叩《たた》き落とした。そして自分は爆弾を抱きかかえ、拡散する全エネルギーをその体ひとつで受け止めたのだった。

さしものファイタースーツも、至近距離からのＲＤＸの猛爆を防ぎきることはできなかった。ファイタースーツは溶解し、パパは大やけどを負った。

ＥＲに担《かつ》ぎこまれたパパは、どうにか一命は取り留めた。しかし、ＳＷＯＲＤとしての任務に戻ることは、二度と不可能な身となった。両目を失明したうえ、言語機能にも障害が生じ、さらには両足を切断するまでに至ったのだ。

パパは現在、ワシントンにある政府職員専門の養護センター通称セイフハウスで、車椅子《いす》生活をしている。ママもその施設のそばに部屋を借り、政府からの補助金で暮らしてる。

パパに授けられた負傷者名誉勲章、二階級特進、政府から一生涯補償される見舞金が、いくらかはあたしの感情を和らげたか？

答えは——否《いな》だ。完膚《かんぷ》なきまでの否定だ。

だからあたしは、パパの意思を受け継ぎ、世界最強の特殊部隊、ＳＷＯＲＤの正規隊員になり、悪と戦うことを決意したのだ。そう、いつの日か、パパをあんな目に遭わせた《見えざる焔《インビジブル・インフェルノ》》を葬り去るために。

九年前の当時は、《見えざる焔《インビジブル・インフェルノ》》の名は、法執行機関にはちらほらと届いている程度で、そこまでランクの高い犯罪者ではなかった。

しかし、かの爆弾魔は、現在に至るまでも変わらず活動を続け、その知名度を飛躍的に上げていった。

西海岸、特にカリフォルニア州を主な活動拠点とし、爆弾テロ行為をおこなう。銀行の金庫を吹き飛ばしたケースは十例以上、航空機爆破は最低四件。葬り去られた被害者はのべ千三百人以上に達する。あの爆弾魔が引き起こした事件は、この十年で大小とりまぜて一千件を超えるといわれてる。

《見えざる焔《インビジブル・インフェルノ》》と接触したことのあるという犯罪者は口を揃《そろ》えて語る。どこの場に現れるにも、フルフェイスヘルメットに黒のライダースーツ姿。しゃべるときだけヘルメットのシールドをわずかに上げ、男性とも女性ともつかない中性的な声を使う。

爆弾の完成度については精緻《せいち》の一言で、依頼主《クライアント》の要求を常に上回る品を仕上げる。

犯行例のことごとくが、『人類同盟』をはじめとする反ロボット団体、ないしはそれに協賛するグループ、企業、上下院議員らやその縁者に不利益をもたらしていることから、進化する神・ロボットを崇拝する日本的思想の持ち主ではないかとみなされているが、わかっていることといえばそれだけ。年齢はおろか、性別すら不明。

いつ、誰がそう呼んだのか。はたまた自分自身でそう名乗ったのか。いつしかかの人物は、《見えざる焔《インビジブル・インフェルノ》》と呼ばれるようになった。

ためしにFBIのホームページをのぞいてみるといい。「アメリカ十大犯罪者リスト」のなかに、《見えざる焔《インビジブル・インフェルノ》》の名が連ねられているのが確認できるはずだから。十大犯罪者にはつい先日欠員——逮捕者——が出たばかりで、穴埋めとして誰の名前が挙がるのやらと各メディアが話題にするなか、《見えざる焔《インビジブル・インフェルノ》》に白羽の矢が立ったのだ。

SWORDの訓練生となり、悪と戦う力を培っている今、はからずも《見えざる焔《インビジブル・インフェルノ》》が関わっているとおぼしい事件に遭遇した。これであたしが躍起にならない理由などあるはずもなかった。もういちいち断るまでもないけど、あたしのロボット嫌いも、《見えざる焔《インビジブル・インフェルノ》》への憎悪に根ざしてる。

「《見えざる焔《インビジブル・インフェルノ》》は、他の誰でもなく、このあたしが捕まえる！　その功を他人に譲ることなどできるはずもないでしょ、これはあたしのアイデンティティに関わることなんだから！」

「だから、それがどうしたというんだ。きみのアイデンティティとやらが、今日のきみの暴走の免罪符になるとでも言いたいのか？」

思いがけないほどの淡泊な反応に、あたしは言葉を失った。

「ち……ちがう！　だ……だから、あんたも知ってるように、あいつはあたしのパパの仇《かたき》で……！」

「さっきから、いったいなにを甘えてるんだ。つまり、その態度はなにか？　俺《おれ》に同情してほしがってるということなのか？」

「え、えっ……？」

ずしんと胸を突かれる思いがした。

揺らがぬ一対のまなざしを前に、あたしの思考はだんだんと漂泊していった。

「もう一度問う。きみにはそのアイデンティティとやらがあるから、なにをしても許されるということなのか？　きみを特別な存在としてあつかえと言いたいのか？」

「そ、それは……」

窒息感に充ち充ちた沈黙が流れる。

あたしは多大な努力を払い、目線を対面の男からひきはがした。顔をあげていることができず、うつむいてしまう。

レオン教官の言葉が頭蓋《ずがい》のなかではねかえっていた。

甘え……？　同情……？　特別な存在……？

「個人的事情を他人に押しつけてはばからない手前勝手なふるまいと、改悛《かいしゅん》の情がまったく見られぬその居直りには、ペナルティを与えねばなるまい」

「……ペナルティ？」

ゆっくり顔をもたげたあたしの視界に、立てられた一本の人さし指が飛びこんできた。

「俺《おれ》が手を貸すのはもうあと一日きりだ。明日じゅうにあの無国籍人間《ターミナル・マン》ないしは《見えざる焔《インビジブル・インフェルノ》》についての調査になんの進展もない場合、調査は打ち切る。あとは警察にすべての捜査を委ねる。きみが個人で捜査することは俺のＳＷＯＲＤ訓練教官としての権限で禁止とし、従わない場合は除隊願いを書いてもらう。——これは決定事項だ。以後の変更はない」

「くっ……」

つつ、とあごを伝う生暖かさ。指で拭《ぬぐ》う。血だった。いつのまにやら、肉が裂けるほどにきつく唇を嚙《か》みしめていたらしい。

除隊願いを書け、だって？　上等じゃんか！　見てろ、このまま終わってたまるもんか……！

# 12

じりじりするような焦りに苛《さいな》まれながら、その日の訓練と講義を消化した。集中力を欠き、F　C《ファイタースーツ・コンバット》戦ではあたしらしからぬミスを連発し、指導教官の叱責《しっせき》の的にされた。

心身ともにくたくたに疲弊《ひへい》した身体を引きずって、レオン教官とバイクでシビックセンター駅前へ出た。有料パーキングエリアにマシンを駐輪し、トランジットセンターへ向かう。

「あらためて念を押しておくが、今日で最後の調査だぞ。そのつもりでな」

ふん、そういうことか。理屈をつけて合理的にあたしを捜査からはずし、《見えざる焔《インビジブル・インフェルノ》》を自分ひとりの獲物にするってハラなんだろう。

ほんと、つくづくタチの悪い男だ。昨日は「警察に捜査を委ねる」なんて言ってたが、そんなのどうせウソに決まってる。誰があんたの思惑どおりにさせるもんか！

十五時少し過ぎのトランジットセンターは閑散としていた。通勤客の帰宅時間には少々早すぎる。学生や買い物に出ていた主婦といったおもむきの客ばかりが散見されるのみだ。

軽やかなエンジン音。ルートAの停留所からDASHが発車しようとしていた。

「あ、ちょっと！　待って！　待ってってばーっ！」

ギリギリセーフで、ＤＡＳＨ搭乗口の階段に足をかけた。

「ねえ、《スミスの家》《Smith's home》ってどこだかわかる？」

「はあ？」

運転手は顔をしかめた。

「だから、《スミスの家》《Smith's home》って言ってるじゃんか。わかる？」

「……ふざけてるのか、あんた？　乗る気がないならとっとと降りてくれ」

そっけなく追いだされた。ＤＡＳＨは搭乗口を閉ざし、発車していく。

ちっ。まあ、最初からいきなりうまくいくはずもないよね。まだまだこれからっ！

トランジットセンター全体はどうなってるのかな、っと。えーと、ルートＣとルートＤの停留所にＤＡＳＨが停《と》まってる。よし、まずは手近なルートＣに直行っ！

「あのさっ、《スミスの家》《Smith's home》って知ってる？」

「えっ、なんだって？」

運転手は耳に手を当て、怒鳴り返してきた。

「《スミスの家》《Smith's home》！　どう、わからない？」

「……？　なんだそりゃ、新手の冗談か？　他のお客さんの邪魔になる。あっち行ってくれ」

またしても追いだされた。だったら今度はルートＤっ！

「《スミスの家》《Smith's home》に行きたいんだけど、わかる？」

「えっ、なに？」

「だから、《スミスの家》《Smith's home》だって言ってるじゃんか。しっかり思いだして！」

「……」

しっしっ、とまるで不潔なようなものを追い払うしぐさ。あたしを弾きだしてドアは閉まり、DASHが発進する。

「おいおい。まさか、ドライバー全員に聞いてまわるわけじゃあるまいな？」

レオン教官に袖《そで》をつかまれ、乱暴にその手を振り払う。

「見ればわかるでしょ？　そのまさかよ。――っと、来た来た！」

ルートEにDASHが到着した。並んでる人の非難の視線を浴びながら、列の先頭に力ずくで割りこみ、搭乗口に首を突っこむ。

「ねえねえっ、《スミスの家》《Smith's home》って知ってる？」

――それから約三十分ほど経過した。当たった運転手の数は二十人以上。冷淡な反応、あるいは無視、露骨な侮蔑《ぶべつ》……。誰もが誰も、あたしをかわいそうな女あつかいして、まともに取りあってくれなかった。

「おい、いいかげんにしたまえ。とても見てはいられん」

がしっと肩をつかまれた。レオン教官の厳しい表情に見おろされながら、負けじと逆に食ってかかる。

「でも、まちがいないんだ！　あいつはここのＤＡＳＨを使って、《スミスの家》《Smith's home》へ行ったんだ！」

「むう……」

さらに二時間が経過した。もう何十台のＤＡＳＨの後塵《こうじん》を拝したことだろう。ノーガードでひたすら打たれっぱなしのあたしは、もうふらふらのグロッキー状態だった。膝《ひざ》に手を当て、はぁはぁとあえいでるていたらくだ。ちっくしょう、負けてたまるかっての……！

トランジットセンター横のロータリーを囲んでいるタクシーの列に行ってたレオン教官が戻ってきた。

「あっちもダメだ。何人かのドライバーに聞いてみたが、《スミスの家》《Smith's home》なんて漠然とした一言じゃ、どのスミスだかわかりっこないと言ってる」

弱気の虫が耳に毒を囁《ささや》く。こんな行為を続けることに意味はあるのか？　あたしはありもしない虚構を追いかけ、自分自身をすり減らしてるだけじゃないのか？

「十八時まであと十二分。その十二分で《スミスの家》《Smith's home》を知ってるドライバーが現れなければ、調査は打ち切る。いいな？」

レオン教官はショッピングセンターの壁面にデジタル表示されてる現在時刻を指さし、そう宣告した。

「な……なんで！　それじゃ約束とちがう！　あたしは終バスまででも粘るよ！」

「だが、俺《おれ》の見るところ、十六時ごろに出発していったドライバーがルートを巡回して戻ってきているようだぞ。きみは気づいてないようだが、すでに何人か同じドライバー相手に二度聞きこみしてる。これ以上はただの徒労にしかならない」

「え？　そうなの……？」

――それから十分が経過した。拷問《ごうもん》にも等しい六百秒だった。

「冷やかしならお断りだぜ。消えな」

「また来やがったのか、いい加減にしやがれ」

「ふざけてんのか？　とっとと降りろ」

「スミスだぁ？　もっとあんた向きの病院へ連れてってやろうか？」

「クソして寝ろ」

そしてとうとう、タイムリミットまで一分を切った。もはや最後の一台と決めた、ルートEのDASHへ向かう。

「ね……ねえっ、《スミスの家《Smith's home》》ってさ、わかる？」

制帽をちょこんと頭にのせたドライバーがこちらを見た。ひげ面で、穏やかな牧羊犬を思わせる目だった。銀色の髪と皺《しわ》深い顔立ちを見るに、六十歳ぐらいか。愛嬌《あいきょう》のある笑みを唇に刻む。

「ん？　ああ、もちろん知ってるよ」

「…………え？」

「だから、知ってるって言ってる。このバスで近くまで行けるよ」

思わず知らずのうちに、レオン教官と顔を見合わせていた。精悍《せいかん》な顔のなかで、らしくもなく、目がきょとんとなっていた。

「で、乗るの、乗らないの？　あとがつかえてんだから、早くしてくれよ」

# 13

かつてのＬＡ《ロサンゼルス》は、車社会だった。

そして、バスを使う人は、車を持てない貧乏人という目で見られていた。また、夜のバス停留所付近はホームレスのたまり場となるなどして犯罪発生率が高く、それもまたバスが人々に受け容《い》れられない一因となっていた。

しかし、ロサンゼルス国際空港《LAX》、マリナ・デル・レイ、サンタモニカ、ウエストウッド、ビバリーヒルズ、ハリウッド、ダウンタウン、パサディナ、ナッツベリーファーム、ディズニーランド・リゾートといった諸地域がメトロモノレールで結ばれ、短時間での移動が可能になると、LA市民の生活に変化が生まれた。

自宅から駅へ、駅から会社へ——運賃が安く、五〜十分に一本という頻度で走るバスを、富裕層の人々がじょじょに利用するようになった。その他に、バス停留所付近には警備ロボを多めに配するなどして、治安の向上がはかられた。

その結果、二十世紀時代と比べ、バスの利用客は四割増しになった。今でこそDASHは二十二時前後まで運行してるけど、ひと昔前なんか、最終バスはなんと十八時半だったんだ。おまけに、各停留所には名前さえつけられず、時刻表もなかったというんだから、いかにかつてのバスがLAの人々に軽視されていたのかが知れるってもんだ。

運賃の三十セントを料金ボックスに入れ、DASHに揺られること、約二十分。サン・ペドロ・ストリートにさしかかったところで降りるよう、ドライバーに指示された。レオン教官が車内の壁にある細長いゴム製のバーを押した。車内前方で、「Stop Repuested」のサインが赤く点灯する。

「でもさ、なんでおじいさんは《スミスの家《Smith's home》》って一言だけでわかったの?」

「わしはLADOTトランジットに勤続四十年のベテランだ。いうなれば、ダウンタウンの生き字引。ダウンタウンでわしの知らんことなどひとつもないぞ」

おじいさんは得意げに鼻の穴を膨らませ、闊達《かったつ》に笑った。タバコのヤニで黄ばんだ歯がのぞく。

「じゃ、じきに定年?」

「いや、定年は去年に迎えたが、今でも非常勤運転手として働いてる。女房には先立たれたし、息子たちはそれぞれ所帯を持ってるし、家にいても寝っ転がってビール飲みながら映画《ホロ》と野球とバスケを観るぐらいしか趣味がないもんでね。半分アルバイトみたいな感覚だな。気楽でいいもんだよ。今日は十七時半からの遅番なんだ」

車体は減速に移った。乗車用の前方ドアと降車用の後方ドアが同時に開く。

「そこの曲がり角を折れて一ブロック進んだところにある。目立つ建物だから、すぐわかる」

「ありがと、おじいさん!」

DASHは歩道の切り欠きから滑り出て、排気音を残し、発進していった。

あたりは意外と明るい。すぐ目の前にはデリカテッセンがあり、歩道の反対側にはドラッグストア、ブックカフェなどがある。そこそこの客足でにぎわっていた。

「それじゃ、いざ《スミスの家《Smith's home》》へ行こっか!」

「とたんに元気になったな。現金なものだ」

おじいさんに指示されたとおりの道筋をたどる。このあたりは住宅街のようだった。小綺麗《こぎれい》な家が軒を連ね、郵便箱やノッカーの真鍮《しんちゅう》はぴかぴかだった。

そして、一ブロック歩いた。あたしが切望した《スミスの家《Smith's home》》がそこに見えてくるはずだった。

けれど。

「……なにこれ」

目の前に展開されるのは、まっさらな更地だった。

周囲には鉄条網が張り巡らされ、重機や大型トラックが無造作に停《と》められ、小山をなして積まれた建設資材にシートがかけられているばかりの、だだっ広い空き地。

「か……かつがれたっ！」

「あ、おい！」

レオン教官が伸ばした手を振り切って、さっきのバス停までまっしぐらに駆け戻った。けれど、当然ながら、ＤＡＳＨはとっくに立ち去ってしまったあとだ。

「あんの、くそじじいっ！　なにが『ダウンタウンの生き字引』だっ！」

腹立ちまぎれに、行灯《あんどん》式ポールに猛烈なキックを一発見舞う。通りすがりの子供があたしを指さす。すかさず親が子供を抱きかかえて連れ去る。まばらな通行人たちも早足で通りすぎていく。ああ、むかつくったらありゃしない！　どいつもこいつも、あたしをバカにして！

「どうやら、ここまでのようだな」

レオン教官の声に、へなへなと全身から力が抜けてゆく。立っているのさえ億劫《おっくう》なぐらいに。

ここで……終わり？　やっとあの無国籍人間《ターミナル・マン》の手がかりをつかんだと思ったのに……。

「約束は守ってもらうぞ。これで調査はお開きだ。さ、タクシーを拾って警察署へ行こう。あとは警察にまかせるんだ」

「だ……だめっ！　そんな……そんなかんたんにあきらめてたまるかっ！」

「いいかげんにしたまえ。往生際が悪いぞ」

「そうよ、ついでにいえば引き際も悪いのよ――あっ！　ねえ、ちょっと！　そこのおっさん！」

デリカテッセンの前に設置されたゴミ箱を漁《あさ》り、カランコロンと音を立てて空き缶入りのビニール袋をひきずりながら立ち去ろうとしている中年男がぴたりと動きを止め、体ごとあたしのほうに向き直った。

「あのさ、この近くに《スミスの家《Smith's home》》ってない？」

ボロボロのコートをまとったその男は、あたしとレオン教官とを値踏みするように目を細めた。

「あんたら、警察の人間だな。もしくはそれに類する職業の人間」

「……どうしてわかるの？」

「いやでもわかるさ。権力を振りかざすことに慣れた傲慢《ごうまん》な人間の独特の匂《にお》いがぷんぷん漂ってる」

浮浪者はそう言って、唇の両端を持ちあげた。なかなかどうして、海千山千の人物っぽいぞ。

「あたしたちが何者かはこのさいどうでもいい！　《スミスの家《Smith’s home》》を知ってるのか知らないのか、それだけ答えてちょうだい」

「へへっ、《スミスの家《Smith’s home》》ねぇ。まあ、その、なんだ。知らないこともないが……へへへ……」

　がさごそと体じゅうのポケットを探り、五ドル札を引き抜いた。男の垢《あか》まみれの手に紙幣を握らせる。男はにんまりと笑った。

「言っとくけど、いまあたしキゲンが最高に悪いの。だましたりなんかしたら、アバラの一本や二本じゃすまないと思っときな」

　ボキバキと手指の関節を鳴らす。

「おお、怖い怖い。じゃあ、ついてきな」

　男はへらへらと笑い、先に立って歩きだした。ウソつきじじいが曲がるよう指示した交差点をそのまま直進する。

「別の人が言うには、さっきんとこを左に折れろってことだったんだけど？」

「ひとつ箴言《しんげん》をくれてやる。『疑ったら使うな、使ったら疑うな』だ」

　工場の高い塀を横手に見ながら、二分ほど歩いた。やがて、煉瓦《れんが》の壁で敷地を囲んだカトリック教会が見えてきた。

「ほらよ、お望みの《スミスの家《Smith’s home》》だ」

「こ、ここが……？」

門の脇《わき》に埋まった石板に、「愛と平和とスミスの福音・神の栄光聖書伝道教会《Love, peace, and Smith's gospel God's glory Bible mission church》」とやたらめったら長い名前が彫りこまれていた。

「んなクソ長い名前、いちいち呼んでられないだろ？　だから略して《スミスの家《Smith's home》》ってんだ。あんたが言ったほうにあるのは、二か月前に火事で全焼した跡地だ。今の《スミスの家《Smith's home》》はここだぜ」

洞穴のように半分欠けた前歯を見せて、男は下卑《げび》た笑いを浮かべた。

# 14

正面の大理石の階段をのぼる。なんか、太陽まで続く道を歩いてるような気持ち。背の高い入り口ドアを押すと、光が洩《も》れだし、あたしとレオン教官をまぶしく照らした。

何列にも並んだ信徒席には赤いクロスが敷かれている。大きなパイプオルガンの金属管が、いちばん奥の壁にそびえ立っている。高い、アーチ状の天井。左右の壁にはめこまれたきらびやかなステンドグラス。キャンドルを模した間接照明。

「どうなさいました？　なにか忘れ物ですか？」

　モップで床を磨いていた侍僧が、あたしたちのほうへ近づいてきて、穏やかに微笑《ほほえ》んだ。長身のほっそりした二十五歳前後の男性で、鳶色《とびいろ》の知的な目をしていた。

「は？　忘れ物？」

　……ああ、そうか。香のかおりがすると思ったら、夕方の聖餐《ミサ》が終わったあとなのか。

「あ……ええと、そうじゃなくて。あたしたちは……」

「俺《おれ》は政府職員のレオン。この女性は民間情報提供者《インフォーマント》だ。三日前の二十一時十五分前後、ここを訪れたであろう無国籍人間《ターミナル・マン》について、情報を求めているのだが」

　レオン教官が身分証を見せると、侍僧は怪訝《けげん》な顔つきになった。

「ああ、そんなのより、こっちこっち！　これを見て！」

　レオン教官の身分証を脇《わき》に押しのけ、あたしお手製の顔写真を突きだす。

「ふむ……むむう……」

　侍僧は印画紙を近づけたり遠ざけたりしながら、しげしげと観察している。

「なんか思いだせそう？」

「いえ……。ですが、そういうことでしたら、私だけでなく、他の者にも確認したほうがよろしいかと。どうぞこちらへ」

　礼拝堂の中央の通路を直進して奥の扉を抜け、その通路の先にある司祭館に招じ入れられた。

小綺麗《こぎれい》なオフィスといったおもむきの室内だった。大きな執務机が一台。壁には本棚と、玉石造りの暖炉があった。その上の埃《ほこり》っぽい荒ごしらえの炉棚は、板張りの壁にボルトでとりつけた錬鉄の支えに乗っている。

「ロビン、どうしたのかね？　そちらの方々は？」

執務机の向こうで、司祭服をまとった老神父が厚みのある書籍から顔をあげ、読書用メガネをはずした。軽くまぶたを揉《も》んでマッサージしながら、あたしたちのほうを見る。

レオン教官は侍僧の隣に並ぶと、ふたたび身分証を提示した。

「ぶしつけな訪問で失礼する。実は――」

「これ見て、これ！　この男！　三日前の二十一時十五分前後、ここに来なかった？」

室内には老神父のほか、ふたりの年配のシスターがいた。写真が手から手を経て渡される。

三人とも、それぞれ記憶をたどるような顔つきを見せている。

そんな時間にここを訪れるような人間はほとんどいないはず。それに、無国籍人間《ターミナル・マン》の故郷である日本は、無宗教の国だって聞く。ここを無国籍人間《ターミナル・マン》が訪れるようなことがあれば、印象に強く残るはず……って、あ、そうか。見た目だけじゃ中国人や韓国人と識別することはできないんだっけ。

「うーむ。残念ながら、見かけた覚えはありません。当教会の聖餐《ミサ》に出席したこともないと思います。お力になれず、申し訳ない」

老神父が写真をあたしの手に戻して、しわがれた声を出した。

「え、えっ……？　そ、そんなはずは……」

あいつは言ってた。《スミスの家》《Smith's home》へ行くって。そして《スミスの家》《Smith's home》が実在することもわかった。なのに――。

「あの……」

小さな声で、侍僧が口をはさんできた。

「もしかして、礼拝堂ではなく、分館の書庫へ来られた方ではないでしょうか？」

「分館の……書庫？」

「はい。地元の有志の方々から寄付していただいた書物を収めてある場所です。閲覧室もありまして、利用者の方々は自由に読書や勉強ができます」

「えっ？　そ、そんなのがあるの？　今も開いてるわけ？」

「はい、朝は九時から、夜は零時まで」

「案内を頼めるか？」

――それからあたしたちは侍僧に先導され、ふたたび礼拝堂を抜けた。横へ折れる。短い藪《やぶ》道を抜ける。生い茂る木々に隠されるようにして、別棟が建っていた。

胡桃《くるみ》材の古めかしいドアが不承不承といった感じで軋《きし》みながら開く。古い木とカビの匂《にお》い。

入り口の真正面には、柱を背にしたUの字のカウンターがあり、男性がひとり座っていた。左右には書架《しょか》の列がずらりと並んでいた。

「おや、ロビンくんじゃないか。……ん？　そちらの方々は？」

司書係とおぼしきカウンターの男性がそう声を出す。年のころは五十代、瞳《ひとみ》の色は淡いブルー、顔立ちはスラブ系――つまりごつごつした造りで、目尻が吊りあがっていた。黒の僧服をまとい、胸元にロザリオを光らせている。

「はい、こちらは政府職員の方々で――」

侍僧がこまごまと事情を説明する。それが最後まで終わるのを待たず、無国籍人間《ターミナル・マン》の写った印画紙をカウンターの上に滑らせる。

「三日前の、二十一時十五分っ！　どう？　この男、ここに来なかった？」

「……うーむ。三日前……三日前ね……ああ、そういえば見たような……うーん？　いや、どうだったかな……」

こめかみをこつこつと叩き、粒子の粗い写真を観察しながら、司書の男性はそう答えた。

「なによそれ！　そんなあやふやなんじゃ困る！　来たの、来なかったのっ？」

司書さんがびっくりしたように椅子《いす》の上でのけぞっている。なにかと思えば、あたしの両手が思いきりばしんとカウンターを叩いていた。

「よく思いだして！　この男じゃなくてもいい！　誰か他に、怪しげな無国籍人間《ターミナル・マン》がここへ来なかったっ？　どうなの？　ちゃんと答えて！」

「こ……困りましたな。それはその、この写真の方と同年代ぐらいのアジア系男性もたまに見かけないではないですが、ここが開設されて以来、これといっておかしなことなどは起きておりませんし……」

「もっと写真をよく見て！　本当に見覚えはないの？　三日前よ、三日前！」

「う、ううむ……」

「落ちつけ」

レオン教官があたしの頭頂部に手をのせた。

「ここは図書室なのだろう？　本の借しだし記録みたいなものはないのか？」

「あ、そっか、それだ！　図書館カードとか作るときには身分証が必要なんでしょ？」

うまくすればこれであいつの身元が割れるかも——かと思いきや、司書の男性は首を左右に振った。

「この書庫は、地元の有志の方々に寄贈された本を保管してある場所です。本の貸し借りにつきましては、ここでは特にそういったカードというものを発行しておらず、ここを訪れる方はどなたでも自由に本を借りていくことができます」

「えーっ？　なにそれ！　それじゃ、本をパクり放題じゃん！」

「私どもは利用者の方々の善意を信じておりますので」

「あーあ……」

もう、やんなっちゃう。どうしてこう、いつもいつも、あと一歩ってとこで手がかりがとぎれてしまうの？

「とりあえず、ちょっと館内を見させてもらってもいいだろうか」

「はい、それはもう、どうぞご自由に」

レオン教官はあたしをその場に残し、書架が作る通路のほうへ歩いていった。

ふう。もう疲労感でいっぱいだけど、突っ立っててもしかたない。あたしは反対側を見てみるか。

広さとしては、二十五メートル四方といったところ。一般的な図書室としてはかなり手狭だけど、不思議とあんま窮屈な感じはしない。きっと天井が高いせいだ。

司書さんがいってたとおり、奥にはテーブルと椅子《いす》を備えた簡素な閲覧室があって、五人の大学生ふうの男性が熱心に読書したり、勉強に勤《いそ》しんでたりしていた。

「あの、ちょっといいかな？　これなんだけど……」

無国籍人間《ターミナル・マン》の写真を見せてまわる。でも、みな声をそろえて、「見覚えはない」とのことだった。

「く、くそっ……」

まずい。このままじゃまずい。どうにかこうにか《スミスの家《Smith's home》》が実在することはわかったけど、あの無国籍人間《ターミナル・マン》がここへ来てたかどうかは断定不能だ。

どう見たって、これじゃ弱すぎる。

あの無国籍人間《ターミナル・マン》が犯罪に関与しているっていう証拠は、いまだどこにも見いだせない。このままじゃ、レオン教官は容赦なく調査打ち切りを決めてしまうだろう……。

「おい。ちょっといいか」

「――わっ、びっくりした！」

レオン教官がすぐそばまで来ていた。考え事に没頭してたせいで、あたりへの注意がすっかり散漫になっていた。

「さっきからずっと考えていたんだが……」

レオン教官は眉間《みけん》に二本の縦じわを刻み、あごに指を添え、書棚に収まった本の背表紙を眺めた。

思わず目をぎゅっとつぶる。ああっ、とうとう宣告されるの？　調査はここで打ち切りって……。

「この図書室には、本来の図書室にあるべきものがない。すなわち、図書室の利用カード。同様に、本にも整理番号を示したバーコードがついてない」

「は……はぁ？」

拍子抜けもいいところだった。なにを言うかと思えば……そんなの、見ればわかるじゃんか。

「つまり、だ。あの無国籍人間《ターミナル・マン》が持っていた『風と共に去りぬ《Gone with the Wind》』は、ここから借りだしたものではないか？」

「ん……？　まあ、そうかもしれないけど」

「だったら、こうは考えられないか？　例の無国籍人間《ターミナル・マン》は、この書庫を使って、何者かと暗号のやり取りをしていたのだと」

「あ、あっ！　……そ、そうか、ありうるよね。ん……でも、それだと、どうやってその暗号を隠す本を連絡してたんだろ？」

「きみにはまだわからないのか？　俺《おれ》にはもう、見当がついたが」

レオン教官はうすく微笑《ほほえ》んでいる。

「あっ——ダメ！　待って、言っちゃダメ！　自分で解いてみせるから！」

そもそも、本を個別化するものってなんだ？　タイトル。著者。ジャンル。出版社。それらが暗号として隠されているわけだから……。

暗号——だいたい、暗号の定義ってなんだろう？　なにかの秘密を保持するため、当事者間だけにわかるよう取り決めた文字、あるいは数字、あるいは記号……だよね？　おおむねはまちがってないはず。

秘密の保持——なにを隠す？　本を隠す。本を個別化するためのなにか……タイトル、著者、ジャンル、出版社……。

　待て待て、それじゃ思考がループしてるじゃんか。本を個別化するためのなにか……本を個別化……。あっ！

「わ、わかった！　本来ついているべき整理番号……あれが暗号となって隠されていたんだ！　それで、次にどの本に暗号を仕込むかを伝えていたんだ！」

「そのとおり」

　解けない謎《なぞ》として残っていた、「５６１Ｓ．４ＺＰ」。あれが図書の整理番号を表しているとしたら？

　いや、でも……それだったら、前に検索サイトで調べてみた。あれが整理番号になっているなら、図書館関係のページがヒットしたはずだ。でも、検索結果はゼロ件だった……。

「こっちの暗号は暗号とも言えないほど単純だな、ただひっくり返すだけだ。つまり……『ＰＺ４．Ｓ１６５』」

「あっ……！」

　なんたる盲点。思わず、こつんと自分の側頭をはたいてみたり。

　さっそく携帯端末を開いてネットに接続し、「ＰＺ４．Ｓ１６５」をキーワードに検索してみる。ＬＣＣっていう米国議会図書館分類表の定めるところの該当書籍は、Ｊ・Ｄ・サリンジャーの『ライ麦畑でつかまえて《The Catcher in the Rye》』だった。

「手分けして探すとしよう。俺《おれ》はこっち。きみはそっちに」

「OK」

本の位置は、大まかなジャンルでのみ区分されていた。小説がずらりと並んでいるところを探す。

「あ……あったっ！」

最下段に収められた、黄ばんだ背表紙の一冊を抜きだす。はさまれていた無地のしおりの片面に「L」と小さく書かれ、裏には「LA06160620」「4223H．5053SP」と書かれていた。

例によって例のごとく、ページの下端がところどころで折られている。ページ数は、1、30、55、100、121、150、172、200、231。

ページ番号に隠された暗号は、『風と共に去りぬ《Gone with the Wind》』と同様にして解けた。今回は「L」を「1」と置き換えればいいんだ。

つまり、「A、B、C、D、E……L、M、N、O、P……X、Y、Z」は「16、17、18、19、20……1、2、3、4、5……13、14、15」になるってことだ。

「えっと……『Longbeach』か。ロングビーチ港ってことかな？」

「『4223H．5053SP』は右から読めば『PS3505．H3224』だ。LCCでの整理番号は……と、レイモンド・チャンドラーの『長いお別れ《The Long Goodbye》』だ」

レオン教官は携帯端末を畳むと、書棚からハードボイルドの名著の一冊を探し、抜き取った。

「……ダメだ。しおりがはさまれていないし、ページも折られていない。あの無国籍人間《ターミナル・マン》が『風と共に去りぬ《Gone with the Wind》』を紛失してしまったせいで、暗号の伝達がストップしてるんだろう」

「『LA0616O620』ってのはなんだろう？　LA……ロサンゼルスってことかな？」

「それはいくらなんでも安直すぎるきらいはあるが……。でも、これまでの暗号を見るに、あまり複雑なものは使われていないようだから、ちょっとした閃《ひらめ》きで解けるとは思うがな」

ムダだとは思うけど、いちおう「LA0616O620」で検索してみるか――と、ヒット数はやっぱゼロ。「0260616OAL」でも検索してみる――結果は変わらず。でもまあ――。

「やったよ、これって大発見だ！　あとは何日かここに張りついていれば、きっとあの無国籍人間《ターミナル・マン》が現れるよ！　そこを押さえるんだ！『LA0616O620』の謎《なぞ》はそいつに吐かせりゃいい！」

「むう……しかし……」

「なによ、なんか文句でもあるの？　手がかりは見つかった。だから調査を続ける。そもそもあんたがそういう条件をつけたんでしょ？」

「……。確かにその通りだ。約束を違《たが》えるわけにはいかんからな……」

レオン教官は不承不承といった感じながらも、確かにうなずいてみせた。

ふうっ……一時はどうなることかと思ったけど、首の皮一枚でつながったっ！

三点差、九回裏、二死満塁。バッター・ベクシルは、見事スタンドにアーチを描いたぞっ！

# 15

マシンを直接《スミスの家》《Smith's home》へ乗りつけ、マシンを押して門をくぐり、敷地内に用意されている駐輪スペースに停《と》める。そして書庫へ。

今日は、先日休講があったぶんが五限目に補講としてあてがわれた関係で、放課後は十七時半からだった。

空は暮色に染まっていた。高みにたゆたう積乱雲が夕陽に灼《や》かれ、それはまさに崩れ落ちようとする壮大な炎の城壁に見えた。まるでターナーの絵みたいね——ふふっ、あたしって詩人。

「ハーイ」

「ああ、どうもお疲れさまです」

本を積んだカートを押していた侍僧のロビンさんが、入ってきたあたしとレオン教官を見て、顔をほころばせた。

「今日はどう？　例の無国籍人間《ターミナル・マン》、来なかった？」

ロビンさんは申し訳なさそうに小さく微笑《ほほえ》み、首を左右に振った。

「そう……」

小説のコーナーへ行き、『ライ麦畑でつかまえて《The Catcher in the Rye》』を調べる。以前に見たスパイ映画のマネをして、あいだにあたしの髪の毛をはさんでおいた。誰かがいじればそれが落ちるっていう古典的な仕掛けだ。けど、誰も手に取ったようすはなかった。うーん、残念無念。

続けて、もう一冊――『長いお別れ《The Long Goodbye》』を開く。しおりもなし。ページが折られているでもなし。変化は見られない。

レオン教官と顔を見合わせ、ため息をつく。これで今日も、二十一時半まで張りこみ決定かぁ。あたしとちがって門限のないレオン教官は、この書庫が閉まる零時まで居残り、引き続いて監視をしてくれるけど。

でも正直、あたしの立場としては、気が気でなかったりする。

もしあたしのいない時間帯に、あの無国籍人間《ターミナル・マン》が現れるようなことがあったら？　レオン教官が《見えざる焔《インビジブル・インフエルノ》》を捕まえてしまったら？　ああ、あたしがフルタイムの探偵だったら、こんな心配しなくても済むんだけどなぁ……。

最初にこの《スミスの家《Smith's home》》を訪れてから、今日でちょうど一週間がたつ。あたしとレオン教官は連日この場所を訪れ、書庫で立ちんぼしたり、礼拝堂をのぞいたり、庭を歩きまわったりと、時間の許すかぎり張りこんだけど、今のところ成果はなかった。

「それにしても――」

あたしが『長いお別れ《The Long Goodbye》』を棚に戻していると、レオン教官が口火を切った。

「きみのタフネスぶりには俺《おれ》も圧倒される。よくもまあ、あれだけハードな訓練を毎日こなしながら、レポートなどの課題も遅滞なく提出し、こんな調査まで日々休みなく続けられるものだ、と」

「……」

あたしはまじまじとレオン教官を見つめた。

「なんだ、どうした？」

「ううん……どういうつもりでそんなこと言ってるのかな、って」

「どういうつもり……なんて、どうしてそんな穿《うが》った見方をする？　俺は単純に褒めたつもりだったのだが」

褒めた……。いや、褒められた……？　こいつが、あたしを……？

理解がかなりの遠回りをしながら脳に届いて、あたしは不覚にも顔に血の気がさすのを感じた。

「な、なに言ってんのよ。タフさを褒められて嬉《うれ》しがる女がどこにいるっての？　もっとデリカシーを持ちなさいよ」

「それもそうか。いや、失敬」

「もう……」

あたしはそっぽを向いた。ちょっとコラ、なにをにやついてんだ、あたしっ。こんな顔、見られてたまるもんか。

「この一週間でだいたい感覚はつかめた。見張りは俺ひとりでも足りる。きみは奥の閲覧室で、レポート作成や勉強に時間を使うといい」

「えっ……？」

不意打ちみたくそう提案されたものだから、あたしはとまどい、レオン教官のほうに向きなおった。

「きみが危惧《きぐ》してることはわかる。俺ひとりに見張りをまかせたら、俺がきみを出し抜き、単独で無国籍人間《ターミナル・マン》を追っていってしまうとか、そんなふうに考えてるんだろう？　大丈夫だ、俺はそんな姑息《こそく》なまねはしない。きみも楽をできる部分では楽をすべきだ」

「えっと、その……。でも……」

こいつがあたしをないがしろにして手柄を独占しようとしてるっていう疑惑は、以前に比べればだいぶ薄れてはいた。もしそういう悪だくみがあるなら、図書整理番号の謎《なぞ》を解くために知恵を貸してくれたはずもないし。

純粋にＳＷＯＲＤ教官という立場から訓練生のあたしを心配してお目付け役を買って出た、重度のおせっかい――なのかな？　そう解釈していいんだろうか？　うーん……。

「このヤマは長丁場になるかもしれん。きみにはＳＷＯＲＤ訓練生としての生活もあるのだし、時間は有効に使うべきだ」

　レオン教官はぽんぽんとあたしの肩を叩《たた》いた。触れられた部分から、不思議な温かみが全身を駆けめぐっていった。

「……うん、わかった。でもその代わり、夜食のドーナツとコーヒーはあたしにおごらせること。それで貸し借りなしってことに」

「別に貸しにするつもりはないのだが……」

　苦笑するレオン教官を残して、あたしはバイクを飛ばし、最寄りのクリスピー・クリーム・ドーナツで買い物をして、また《スミスの家《Smith's home》》へ取って返した。

　あたしとレオン教官は書庫の入り口脇の壁にもたれながら、ドーナツをかじり、コーヒーで胃の腑《ふ》を温めた。

「あとひとつ、聞いてもいいか」

「なに？」

「きみは、後先考えず突っ走る傾向はあっても、総合的にはクレバーな人間だ。だからこそ、きみのＳＷＯＲＤ訓練生としての素行が、どうにも合点がいかない。我ら教官を困らせたり、

他の訓練生たちからはみ出るようなまねをしているのは、いったいなぜだ？　きみにとって利益をもたらす行為とはとても思えんのだが」

甘いものは脳に幸福感を与える。胃袋が膨れると、人の心からは険が抜ける。だからこそ、あたしもその質問に答える気になったのかもしれない。

「……ったく、あんたを含めて、ＳＷＯＲＤ隊員はぼんくらぞろいなんだよね。あたしはね、ＳＷＯＲＤの不甲斐《ふがい》なさに腹を立ててんのよ。あんたたちは今まで、パパをあんな目に遭わせた《見えざる焔《インビジブル・インフェルノ》》や、そのバックにいた組織をいまだに挙げられず、野放しにしてる。パパを見舞いにこようとするＳＷＯＲＤ隊員のひとりもいない。そんなＳＷＯＲＤ隊員の教官たちを敬えっこないじゃんか」

「む……」

「あーっ！　ホント、自分がまだ十九歳ってことが歯がゆくてならない。あたしも早く一線に立ちたい！　けど、ＳＷＯＲＤの正規隊員としての資格が認められるのは二十歳以上でしょ？　あたしの誕生日は来年の三月。あと半年以上も待たなきゃ、昇格試験を受けることができないんだもの」

「しかし、だ。政府はお父上に毎月充分な額の見舞金を送り、ワシントンのセイフハウスでなに不自由ない暮らしをさせている。それに、お父上を見舞いに行く隊員がいないのは、隊則によるものだ。きみだって知っているはずだろう？　ＳＷＯＲＤの正規隊員および訓練生は、その近親等にあたる人間でないかぎり、ＳＷＯＲＤ籍を失った人間に会いにいくことは禁じられているということを。きみのお父上をないがしろにしようとするような意図などどこにもないのだぞ」

「……そりゃさ、理屈のうえではあたしもわかってるよ。けど、感情は別物だもん。だからあたしは、パパのぶんまでがんばる。訓練生のトップをぶっちぎって、昇格試験にパスしてやる。そして、《見えざる焔》《インビジブル・インフェルノ》をぶっ潰《つぶ》してやるんだ」

「なるほど、そういうことか。きみという人間がどのようにして形成されたのか、その一端がようやくわかった気がする」

空になったコーヒーカップをくしゃりと握り潰しながら、レオン教官は小さく笑った。

「ね、マジな話、この捜査であたしがなんかの手柄を立てたら、上層部にかけあってくれない？　特例で、すぐに昇格試験を受けさせてくれるようにって」

「残念だが、それは承服しかねる」

「ちぇっ、ケチ」

「俺《おれ》が吝嗇家《りんしょくか》かどうかという問題ではない。ＳＷＯＲＤ創立以来守られてきた掟《おきて》を、俺の一存などで動かすことは不可能というだけの話だ。それともきみは、そういった見返りを期待して調査に乗りだしたというのか？」

「そりゃまあ、ちがうけどさ……」

「……だが、きみの話を聞いていて、少しばかり不安に思うことがある。きみがSWORD正規隊員になって、《見えざる焔《インビジブル・インフェルノ》》を捕まえたあとのことだ」

「は？　どういう意味？」

「きみが教官たちに敬意を払えず、突っぱっている理由はわかった。お父上のために、なにがなんでもトップを維持しようと努力する意志もわかった。だが、《見えざる焔《インビジブル・インフェルノ》》という『敵』がいなくなったあとはどうする？　きみはアイデンティティの大部分を喪失することにはならないか？　その後の自分をイメージしたことはあるのか？」

「……」

すぐには返事できなかった。なかなかにあたしの深い部分を抉《えぐ》る指摘だった。

「そりゃ……さ、《見えざる焔《インビジブル・インフェルノ》》は憎いし、なにがなんでも復讐《ふくしゅう》は果たしたいけど……、あたしはそこまで視野狭窄《しやきょうさく》な人間じゃないよ」

なかば自分の内奥との対話を試みるつもりで、慎重に言葉を選びながら、続ける。

「まあ、確かにあれ以降、日本的思想が——っていうか、ロボットの存在そのものがどうにも受け入れがたいものになっちゃったけど。でもパパは、潜入捜査官《アンダーカバー》の仕事ばかりしてたわけじゃないし、日本的思想のロボット研究者どもを根絶やしにするためにSWORDに入ったわけでもない。そもそも、SWORDは日本と戦うための組織とはちがうわけでしょ？　アメリカ市民の安全を守るため、闇《やみ》に跋扈《ばっこ》する犯罪者どもを叩《たた》き潰《つぶ》すことが、あたしたちの使命なはずじゃんか。そのへんはきちがえてないつもりだよ。だからあたしはパパと同じく、SWORD隊員に――」

いきなりのことだった。レオン教官の節くれだってゴツゴツした手が、あたしの口をふさいでいた。

「しっ、静かに！　声を抑えろ！」

「ど……どうしたのよ」

ドーナツのかけらが唇からぽろぽろこぼれる。

「あの無国籍人間《ターミナル・マン》だ。とうとう現れた」

「――！」

あわてて視線をめぐらせるも、内側に押し開かれていた書庫入り口の扉が元の枠に戻るのが見えただけだった。

「まちがいないの？」

「ああ」

ドーナツの残りを頬張《ほおば》り、コーヒーで強引に食道へと流しこんだ。レオン教官が、書庫入り口脇《わき》のダストボックスにゴミをまとめて捨てた。ドーナツが二個あまっていてもったいなかったけど、まあ仕方ない。今はもっと優先すべきことがあるっ！

音も立てずに入ってきたあたしたちと視線を絡ませ、カウンターに戻っていたロビンさんがあごをしゃくる。

「……！」

い……いたっ！　例の無国籍人間《ターミナル・マン》だ……！　書棚のあいだをゆっくりとした足どりで歩いている。

どくん、どくん――心臓が肋骨《ろっこつ》の内側で存在を主張しはじめる。

もしかすればこいつが、あたしのパパをあんな目に遭わせた張本人であり、ＦＢＩの十大犯罪者リストのひとりに数えられる、《見えざる焔《インビジブル・インフエルノ》》なのかもしれない……！　まだその可能性が消えたわけじゃないんだ。

あたしとレオン教官はうなずき交わし、さりげなく無国籍人間《ターミナル・マン》をはさむ位置に立った。つかず離れずの距離を保ちつつ、彼を見張る。

まっすぐに小説のコーナーへ行き、『ライ麦畑でつかまえて《The Catcher in the Rye》』を手に取る――とばかり思っていたけど、無国籍人間《ターミナル・マン》は、一本一本の通路を塗り潰《つぶ》すかのようにぐるぐる歩きまわるばかりだった。

そのまま五分、十分と経過し、あたしもだんだんと焦《じ》れてきた。ああっ！　今すぐにもあいつの首根っこをひっつかまえてやりたいのに！

けど、思考を行動に直結させるわけにはいかない。まだこの男を引っぱれるような証拠は皆無なんだ。なにか具体的な行動を起こしてくれないことには――。

突然、無国籍人間《ターミナル・マン》がつかつかと早足であたしのほうへと歩いてきた。

「！」

一瞬、視線が交錯する——結びつかない。ほんのひととき、軸を重ねただけ。

無国籍人間《ターミナル・マン》は「失礼《Pardon》」と小声で言い、あたしの脇をすり抜けていった。

たっぷり数秒、あっけに取られた。男は歩みを止めず、そのまま書庫を出ていってしまった。

「追うぞ」

レオン教官とともに書庫の外へ出た。男は藪道《やぶみち》を抜け、門のほうへ向かおうとしていた。

「え？　あ、ああ……う、うん！」

どこへ行く気だ？　あいつ、またＤＡＳＨを使うかもしれない。尾行にはバイクが必要だ！

と、駐輪スペースのほうからなにやら轟音《ごうおん》が聞こえてきた。ん？　これって、バイクのエグゾーストのような気が……。でも、変だな。この一週間というもの、あたしとレオン教官以外にバイクを停《と》める人間はいなかったはずだけど……？

何台かの自転車と、あたしとレオン教官のバイクが一台ずつ停まっている駐輪スペース。あたしとレオン教官のバイクを視覚的にさえぎる位置に、もう一台バイクが停まっていた。

低い位置に取りつけられたフルカウル、セパレートハンドル。後退して取りつけられたステップ。サーキットを走るロードレーサーを模したデザインが特徴の、レーサーレプリカだった。排気量は１０００cc以上ある、高回転、高出力の大型バイクだ。アイドリングされたままで放置されてる。

さらに接近し、薄明かりを透かして見たあたしは、息を呑《の》んだ。レーサーレプリカがブラインドになって見えなかったけど、今ははっきり視認できる——あたしのバイクの脇《わき》に屈《かが》みこみ、なにか細工している人影が！

「なにしてんだ、コラ！」

あたしがどやしつけると、人影はびくっとしたように立ちあがった。闇《やみ》が人の形を取って具現化したような感じだった。漆黒《しっこく》のライダースーツをまとい、頭部にはやはり黒一色のフルフェイスヘルメットをかぶっている。

ライダースーツはレーサーレプリカに飛び乗り、エンジンを吹かすと、教会の敷地外へ逃走していった。

あたしのマシンは、エンジン部分がむきだしにされていた。内部に三十センチほどの青い筒の束が二本、信管とともに細いワイヤーで取りつけられている。これから起爆装置だかバッテリだかを接続しようとしていたらしい。部品と工具らしきものが地面に置かれていた。

青い筒の束の表面にはこう書かれてあった。「ＲＤＸ。きわめて危険。使用前には同梱《どうこん》のマニュアルを熟読のこと」

タイマーがないから、時限式じゃないと思う。おそらく、エンジンを起動させると回路が閉じ、ドカーン！　とするための仕掛けだろう。

「よくもまあ、やってくれたじゃないの……！」

まだバッテリがつながれてない状態なら危険はないはず。ＲＤＸと信管を引きずり出し、ぽいっと投げ捨てた。シートにまたがり、イグニッションにキーを挿す。一気に二段階ひねって、エンジンを最速で覚醒《かくせい》させる。ブルゾンのポケットから出した風よけゴーグルをはめ、グローブに指を通し、足でバイクを後進させた。ギアを二速に入れる。リアブレーキを踏みながらスロットルをごくわずかに開け、フルロックに近い切れ角で曲がる。ドルン、とエンジンを空吹《レーシング》かしする。

風防《キャノピー》スクリーンに描かれるステータス情報によれば、エンジン系統に異常はない。よしっ……！

「ちょっと待て！　どうするつもりだ！」

レオン教官があたしのマシンの前に両腕を広げ、立ちふさがった。

「決まってる！　あいつを追うんだ！」

「追いかけてどうする！」

「わからないの？　あいつだよ！　あの無国籍人間《ターミナル・マン》じゃなくて、あのライダースーツが、《見えざる焔《インビジブル・インフェルノ》》なんだ！」

《見えざる焔《インビジブル・インフェルノ》》は、常に黒のフルフェイスヘルメットとライダースーツを着用してるって話だったはず。だったら、さっきの奴《やつ》のいでたちとぴったり符合する！

あいつは――あるいは、あいつを雇っている連中は――あたしとレオン教官があの無国籍人間《ターミナル・マン》を嗅《か》ぎまわっていることにカンづき、こんなワナをしかけたのだ。

上等じゃんか！　あたしにケンカを売ったこと、後悔させてやる……！

「教官、あんたは無国籍人間《ターミナル・マン》のほうをお願い！　でもバイクは使わないで、あいつになにか細工されてる恐れがあるから！」

「お……おい、よせ！　深追いするな！」

レオン教官の声を背中に振り捨て、あたしはマシンを駆り立て、驀進《ばくしん》していった。

# 16

闇《やみ》を切り裂くヘッドライト。荒ぶる風が髪をうしろに撫《な》でつける。

重奏するエグゾーストノート。マシンのエンジン音が下腹の底に響く。

空気のかたまりが風防《キャノピー》に押しわけられ、体の裏側に流れ去っていく。

ハンドルグリップを握る手に力をこめ、約三十メートルを先行するレーサーレプリカのテールランプをにらみつける。

風よけゴーグルのレンズに、蒼白《あおじろ》い光彩が映りこむ。アルファベットと数字と記号の群れ。刻々と更新される、交通管制局からの周辺道路情報およびバイクのステータス情報が、風防スクリーンにホログラフィとして投影される。

風鳴りを圧してアラーム音が聞こえた。緑色に輝く文字の放列のなか、「WARNING」の七文字がひときわ大きなフォントで描かれ、赤い枠で囲われて点滅を繰り返している。

――約七十五メートル先で赤信号。二百メートル先で渋滞。制限速度を四十七キロオーバー、減点二。ただちに減速せよ――

はん！　赤信号？　渋滞？　スピード違反？　減点？　んなもん、とっくに考古学用語だっての！

通行量の密度が増す。交差点にさしかかったところで、風防の向こうのテールランプがぐんと加速した。急角度で流星のように左へと尾を曳《ひ》く。そのまま曲がりきる。

あたしは一瞬のためらいもなく、あとを追って左へ突っこんだ。

――赤信号、停止せよ、赤信号、停止せよ――警告メッセージ群の氾濫《はんらん》。クラクションの大合唱。連鎖する急ブレーキ音。次々におっ立てられる中指。

タイミング的にかなり無謀な突入だった。マシンに搭載されたRGバランサ機構が自動的にキックされる。さらには、コーナー内側に障害物となるトラックが！

フロントブレーキをかけて車体を起こし、シートの上で体重移動《ボディアクション》をこなして外へラインを取る。猛烈な横G。ええい、ニュートン力学クソ喰《く》らえっ！　タイヤが白煙を噴く。マシンはケツを左右に振りながらも、路面をがっちりと噛《か》んだ。

直線道路。路面を右に左に蛇行《だこう》し、次々に先行車両をぶっちぎっていく。スロットルはとっくに全開にしてある。左右の景色は一本の銀色の線と化し、ものすごい勢いで後方へ飛び去っていく。目に映るものは、ただただ前方のレーサーレプリカのテールランプばかりだった。

さらにT字路を右折。青信号。食らい下がる。二ブロック直進。赤信号。前方のレーサーレプリカがいきなり右折。追う。今度も少しきわどいタイミング。コーナリングのとちゅうで、コーナー外側に弾丸みたいにタクシーが突っこんでくる。リアブレーキをかけて減速。クラクションのブーイングを浴びながら、どうにかイン側を抜けきる。

向こうが積んでるエンジンの排気量は１０００cc超。対するあたしは７４５cc。馬力勝負では絶対的に不利だ。あたしのライディングテクでその差を埋めきれるか……？

そのとき、風防《キャノピー》スクリーンに新たなウィンドウが開いた。アルコプラザ駅まであと半マイル――。

ネオンサインの光彩が目に焼きつく。けばけばしい電飾の数々。二車線の道が四車線になる。前方五十メートル。黒ずくめのライダースーツは、鮮やかにスピンターンを決め、アルコプラザ駅前のロータリーへ乗りつけた。レーサーレプリカを乗り捨て、芝生の植えこみを飛び越え、乱暴に人を突き飛ばし、プラットホームへ続くエレベーターを駆けおりていく。

リア、フロントと、時間差で車体にブレーキをかけた。強化ゴムとアスファルトの焦げる臭《にお》い。スキッド音を引きずりながらマシンが停止する。その場にバイクをうっちゃらかし、植えこみを突っ切り、エレベータを駆けおりる。

「ごめん、ちょっと通して！　どいてってば！」

「おい、なんだよ――」

騒々しい若者の群れとぶち当たる。各国語入り乱れたおしゃべりが、無意味な伴奏を奏でた。もどかしくなって一段飛ばしで、一歩踏みはずせば下まで転がり落ちそうな勢いで、一息に地階まで到達する。

券売機と改札口のあるこのフロアは、テニスコート三面ほどの空間だった。LA《ロサンゼルス》では、メトロモノレールの利用客は他の州ほど多くはないけど、十八時現在は通勤客の帰宅時間帯のストライクゾーンだ。それなりには人出がある。

「あっ……！」

約三十メートルほどの距離をはさみ、改札を背にして、ライダースーツがこちらを見ていた。その両脇《りょうわき》が閃光《せんこう》を発する。

とっさに伏せた周囲で火線が跳ねまわり、床に黒々とした弾痕《だんこん》が穿《うが》たれる。

反響する銃声。人々の悲鳴が交錯し、恐慌が蔓延《まんえん》する。ライダースーツを中心として、引く波のように人の輪が揺らいだ。

「くっ……！」

ブルゾンの内側のサイドホルスターから拳銃《けんじゅう》を抜く。油とグリスの匂《にお》い。このオートマチックは口径9ミリ、14＋1発の収容弾数。ダブル・アクションとオートマチック・ファイアリング・ピン・ブロック・セフティは早撃ちと安定性において、数あるオートマチック中屈指の性能を誇る。

ＳＷＯＲＤの一訓練生にすぎないあたしには、捜査権もなければ逮捕権もない。発砲許可も出されてない。けど、相手は武装してて、あたしに明らかな殺意を示している。このままではあたしの身が危ういどころか、市民らに被害がおよぶ恐れがある。それは断じて防がなきゃ——理論武装完了！　よってあたしは、引き金を引くっ！

安全装置《セフティ》をはずす。狙《ねら》いを定め、引き金を二度絞った。目を射るマズルフラッシュ。反動が手首を痺《しび》れさせる。どちらもはずれ、壁に当たった。

ちいっ、あたしの射撃の成績は特Ａだってのに！　実戦じゃこうも勝手がちがうものなのか！

銃声の余韻が消えきらないうちに、アラーム音が鳴り響く。赤い光が目を射た。モニュメントみたく台座に乗った三機の警備ロボットが、サスペンド状態から復帰し、頭部に取りつけられた回転灯を始動させたのだ。

ＳＷＯＲＤの学科講義のロボット概論で習ったから知ってる。あれは、主に公共施設に卸されてる警備ロボット、ヘラクレス社の「サード・ウォッチャーMARKⅡ」だ。危険人物を拘束するための電磁警棒《スタンロッド》を装備してて、警報装置と監視カメラ、通報システムを備えている。

って……あれ？　なんかおかしくない？　あの警備ロボは、今のあたしの発砲に反応したんだよね？　なのに、なんでライダースーツの発砲には反応しなかったんだ？

あたしはまだSWORD正規隊員じゃないので、あたしの所持するIDには、警備ロボに「味方」と判断されうる情報が書きこまれていない。発砲するなり刃傷沙汰《にんじょうざた》を起こすなりすれば、警備ロボはあたしを「敵」と認識する。でも、どうしてライダースーツは認識の外に置かれるわけ……？

またも二丁拳銃《けんじゅう》が火を噴く。ひゅんと風の唸《うな》りが耳の脇《わき》を通過し、あたしの背後でガラスを破壊した。人々の恐慌が激しくなる。やば、あれこれ考えてる場合じゃなかった！

「命が惜しかったら、伏せて！　そのまま絶対に動かないで！」

ひっと悲鳴をあげ、人々が床に体を投げだし、亀となった。

ライダースーツがふたたび発砲したと見るや、あたしは横転し、片膝《かたひざ》をついた姿勢から引き金を絞った。ブローバックが両手首を蹴《け》り飛ばす。弾丸はライダースーツが飛びこんだ柱の陰をかすめたのみだった。

『警告します。鉄道警察隊がまもなく駆けつけます。銃を捨て、投降してください。繰り返します。鉄道警察隊がまもなく……』

サード・ウォッチャーMARKⅡは無機質な電子音声を発しながら、ぎくしゃくとした動きで、左右からあたしを挟撃《きょうげき》しようとしてくる。ひょろ長い手の先には、バチバチと青白い放電をまとわりつかせた電磁警棒《スタンロッド》が握られている。

ええい、このポンコツども、狙《ねら》う相手がちがうだろ！　あたしのロボット嫌いに拍車かけてくれちゃって！　あとでヘラクレス社に苦情のメールを送りつけてスクラップ工場行きの運命をたどらせてやるからなっ！

ライダースーツはさらに四発撃つや、身を翻し、改札のバーを飛び越えた。床に身を伏せて縮こまってる人々のあいだを縫って走り、プラットホームへ続くエスカレーターへと躍りこむ。

あたしは改札のバーをジャンプで飛び越えた。立てた銃口を顔の脇《わき》に構えながら、ライダースーツを追ってエスカレーターを疾駆する。足音が地鳴りと轟音《ごうおん》でかき消される。

プラットホームに躍り出た。突風が頬《ほお》をなぶる。折しも、流線型のモノレールの車体がホームへと滑りこんでくるところだった。コンプレッサ音とともにドアが左右に開き、ホームはどっと人であふれかえった。たちまちにして、ライダースーツ姿は人ごみにまぎれてしまう。

ちっ……ったく、駅構内で発砲事件が発生したのに、なんでモノレールを止めないのよ？　犯人がモノレールで逃げる可能性をまったく考えに入れてないっての？　どいつもこいつも、ほんと使えないいんだから……！

銃を手にし、硝煙《しょうえん》の匂《にお》いを立ちのぼらせてるあたしを見て、目の前のビジネスマン風の男性がぎょっとした顔つきになる。人の目なんか気にしてられない。あたしは男性の肩を押しのけ、前へ出た。人波を抜け、さらに前へ、前へ――。

「！」

いたっ！　人が作る垣根のさらに奥――こちらをちらりと一瞥《いちべつ》してから、すっとモノレールへと乗りこむ黒い人影！

『ロングビーチ方面行き、まもなく発車いたします』

プラットホームにアナウンスが流れる。閉じていくドアに体を押しこむのと、うしろでドアが閉じるのは、まったくの同時だった。

「ふううっ……」

肺が焼けつきそうなほどに熱かった。一方で、胃袋は冷たい手に固く握りしめられている。

モノレール車内は空いていた。乗車率は一〇％以下。まばらな人影がシートに座っているのみで、つり革につかまっている人はいない。

ドア脇のシルバーシートに座っていたおばあさんが、あたしを見て、ひいっと息を呑《の》んだ。一瞬遅れて、ざわめきが車両に伝播《でんぱ》していく。あたしが右手に持っているものを見つめて、みんな凍りついている。

「大丈夫だから、騒がないで！　今、テロリストを追跡中なの！　そのまま落ちついて、シートに座ってて！　いいわね？」

あたしの言葉に納得したのかどうか、乗車客はそれ以上不必要に騒ぎ立てることもなく、あたしが前方の車両に移動していくのを沈黙のうちに見守った。

銃を体の近くに寄せ——銃を前に突きだしたり、あるいは横に倒して構えるのは、ＴＶドラマの刑事や映画の《ホ》ギャ《ロ》ングに限られる——、車内を進む。

乗客に事情を説明するのは、二両移動した時点でやめた。いつ不意を突かれて撃たれるかわからないのに、能書きなんか垂れてる余裕はない。人々が恐怖し、身を凝固させるままに任せることにする。

蛇腹《じゃばら》を抜けて次の車両へと移るたび、相手から狙《ねら》いやすい胸の高さよりも低くしゃがんで、さっと目を走らせる。

ゆっくり、ゆっくりと車両を前方へと移動していく。

ドクン、ドクン——心臓の音が、直接耳に入ってくる。

引き金にかけた指が震え、背筋を冷たい汗が流れ落ちる。

やがて、モノレールが緩やかに減速をはじめた。車内アナウンスが流れる。

『まもなく、ピコ駅に到着します。お忘れ物のないように、お気をつけてお降りください——』

次の駅に到着するとなれば、奴《やつ》はどうするだろう？　降りるだろうか？　あるいは、降りると見せかけて車内にとどまるかもしれない。駅に着く前に身動きを封じるのがベストだけど……。

五両目へ移ったときだった。五感が警告を発した。この車両――なにかがちがう！　このぴりぴりと張りつめた空気は……！

視線が一点に引きつけられた。シートに座っている人影――黒のフルフェイスメットをかぶっている！

「う……動くなっ！　銃を捨てろっ！」

銃をポイントした瞬間だった。フルフェイスヘルメットがシートを飛び降り、通路中央に棒立ちになった。

無力化するために足を撃とうとして、引き金にかけた指が白くなったところで――止めた。ち、ちがうっ！　フルフェイスヘルメットの下はすらりとした長身じゃない――幼児の三等身！

シートに掛けていた大柄な白人の中年男性がとつぜん床に身を投げだした。幼児を射線からかばいつつ、あたしに向かって叫ぶ。

「な、なにをする気だ！　お、俺《おれ》のガキだ、撃たないでくれ！」

「この子にヘルメットをかぶせたやつはどこ？　この車両にいるの？」

「あ、ああ！　に、二丁の銃で、俺たちに動かないようにと脅してきた！　あ、あそこにいる

「……」

震える指先が、シートに座るひとつの人影に向けられた。

同時に、モノレールの運動エネルギーがゼロになった。コンプレッサ音とともにドアが左右に開く。

黒い影がシートから立ちあがり、通路中央に躍り出た。顔をスキーの目出し帽で隠している。奴《やつ》は親子を乱暴に足蹴《あしげ》にして、あたしに向けて二丁拳銃《けんじゅう》の引き金を絞った。

あたしはもう、弾が当たる面積が狭くなるよう、体を横向きにするだけで精一杯だった。

痛みというより、熱さ。一発の弾丸があたしの脇腹《わきばら》を食い破っていた。

ひしゃげた悲鳴があがる。逸《そ》れたもう一発の凶弾は、無辜《むこ》の市民に当たってしまった。三つ揃《ぞろ》えのスーツを着た男性が、赤く濡《ぬ》れた膝《ひざ》を抱えてのたうちまわっている。

ライダースーツは、足元の幼児から頭ごと引っこ抜くようにしてフルフェイスヘルメットを回収すると、それをみずからの頭にかぶせた。モノレールを下りようとする。

「あっ……！」

逃がしてなるもんか——と、あわててあとを追おうとしたけど、ふいに視界が低くなり、モロに顔から床に激突した。鼻の奥にきな臭さが広がる。なにかと思えば、立ちあがろうとした親子に蹴《け》つまずいていた。ああもう、なんて間抜けさ加減だっ！

プラットホームに足を下ろしたライダースーツが、肩ごしにあたしを振り返り、ヘルメットのシールドをわずかにあげた。

「あんたじゃ私の焔《ほのお》を消せやしないさ、ベクシル」

「――――!」

驚天動地《きょうてんどうち》とはまさしくこのことだった。ぽかんと開けた口から魂が抜け出るかと思った。

こいつが……《見えざる焔》《インビジブル・インフエルノ》が、あたしの名を口にした……?

《見えざる焔》《インビジブル・インフエルノ》は、あたしのことを知っている……? これって……?

「ま、待てっ! あ――あんたは、あたしのパパをッ……!」

呪縛《じゆばく》から解き放たれ、這《は》った姿勢から、閉じかける扉に体をねじこもうとした。

けれど、あたしをあざ笑うかのように鼻先で扉は閉ざされ、あたしとライダースーツとを此《し》岸《がん》と彼岸《ひがん》とに分けた。

窓外の景色がゆっくり、ゆっくりと流れ、横に滑りだし、速度を増し、光の放列となる。

「ちくしょう、ちくしょう、ちくしょう……!」

がん、がん、と、頭を何度も何度も扉に叩《たた》きつける。

額が割れ、血が目に流れこむまで、あたしはみずからに苦痛を強いた。

肺が中身を押しだし、たまった熱が抜けていった。

# 17

「起立したまえ」

「……はい、上官殿《イエッサー》」

青い制服の裾《すそ》をのばし、三メートル前方に目をやり、この査問会を執行している三人の将官たちと向かいあった。

査問会の委員長役を務めるのが、中央の席に陣取る、ＳＷＯＲＤ正規隊員のダグラス大尉だった。

ダグラス大尉は、三十代後半で、男性ホルモンのかたまりといったような、威風あたりを払う巨漢だった。赤みがかった金髪をうしろに撫《な》でつけ、レーニンふうの粗放なあごひげを生やしたいかつい顔。眉《まゆ》は毛虫のようにもじゃもじゃで、灰青色の目は落ちくぼんでおり、そのあいだから大きな鷲鼻《わしばな》が突きでている。常に出来の悪い新兵を見やるような、うんざりとした半眼で世間を見つめる男——それがこのダグラス大尉だった。

左右には補佐役としてデルコ中尉、テレンス少尉がいる。風貌魁偉《ふうぼうかいい》のダグラス大尉に比べればどっちも押しだしが弱く、平凡な若者っていう印象を受けるけど、それでもあたしを裁く立場にある人間であることには変わりなかった。

この委員会は、SWORD訓練校に教官としての赴任経験があるメンバーで構成されていた。さらに言うなら、三人が三人とも、「教官殺し」のあたしにより、さんざん鼻をあかされたことのある教官だった。

あたしの見るところ、いずれも——特にダグラス大尉は——プライドばかりが高く、度量が狭い。たとえそうでなかったとしても、訂正が不可能なほどにひどいまちがいじゃない。

ダグラス大尉の人生の地平線は、デスクの縁だ。彼が物事を考える次元は、デスクの表面のように平らで曲《きょく》がない。こんな状況下におかれたあたしを「ざまあみろ」と思いこそすれ、温情をかけてくれるような人ではなかった。

「スピード違反、信号無視、街中での無許可の発砲……その他もろもろ。これらの不始末の疑いが、きみにかかっている」

ダグラス大尉が口を開く。長机に横一列に座った三人は手元のレポート用紙をめくり、冷ややかなまなざしをあたしの上に注ぐ。脇《わき》の机で女性書記官がタイプライターを叩《たた》きはじめる。

「きみはこの一週間というもの、訓練が終わるが否やバイクをすっ飛ばして外出し、門限ぎりぎりの二十一時五十五分すぎに帰寮している。さらに、きみのコンソールの個人回線《プライベート・コール》のログを洗ったところ、きみはなにやら、暗号解析を同期の訓練生に依頼していたようだな。それがちょうど一週間前——きみがやたら外出するようになった時期とぴったり合致する。これらは関連づけて考えていいのかね？」

「……はい」

「ベクシル。きみという訓練生は、やや協調性に問題は見られるものの、全般にわたっておおむね優秀な成績を収めている。そのきみが、いったいなぜ、このような問題を起こした？　この一週間というもの、きみはなにをしていた？」

「……はい、その……」

この質問は予期していたし、どう答えるかは、前夜のうちに、独房の固いベッドの上で考えてあった。

なにも難しい話じゃない。ここまでに得られた情報をすべて伝え、《見えざる焔《インビジブル・インフエルノ》》を捕えようと逸《はや》るあまり、ついまわりが見えなくなったのだと、情に訴えたほうがいい。この三人にしても、あたしが誰の娘で、どんな動機でＳＷＯＲＤに入ったのか、事情は全部知っているのだから。

——あんたじゃ私の焔《ほのお》を消せやしないさ、ベクシル——

「……」

「どうしたのかね、ベクシル？　そのまま黙っているつもりなのか？」

「……すみません、なんでもありません。実は……」

あたしは、この一週間のあいだのできごとについて、克明に話して聞かせた。シビックセンター駅そばのカフェで立ち聞きした無国籍人間《ターミナル・マン》の会話に、《見えざる焔《インビジブル・インフェルノ》》という単語が混じっていたこと。その直後に起きた、カフェ前でのＣＳＩの輸送ヴァン襲撃事件。のちのニュースで、そのさい使われた爆弾が《見えざる焔《インビジブル・インフェルノ》》のものと判明したこと。無国籍人間《ターミナル・マン》の落とし物に隠されていた暗号が、「クニオ・タナカ」という、日本人ないしは無国籍人間《ターミナル・マン》の名前だったこと。《スミスの家《Smith's home》》を見つけ、その書庫で新たなる暗号に行き着いたこと。そこに張りこんでいたところ、謎《なぞ》の人物——おそらくは《見えざる焔《インビジブル・インフェルノ》》——にバイクに爆弾をしかけられそうになったこと……。

レオン教官のこととマクシミリアン・グループのモニターのこと——そして、あいつから投げられた屈辱的な言葉については伏せ、それらについてひととおり触れた。

「そうか。なるほど、よくそこまで調べあげたものだな……」

「確かにその状況では、発砲はやむを得ないか……」

デルコ中尉、テレンス少尉らはぼそっとそう洩《も》らし、ちらと横のダグラス大尉の顔色をうかがっている。

三人中ふたりはあたしに同情的——なかなか悪くない風向きだ。これだけの証拠が並べば、いくらこの人たちだって、あたしの行動をＳＷＯＲＤに対する叛逆《はんぎゃく》とまでは決めつけられっこない。やれやれ、これで一安心——。

「待ちたまえ、ふたりとも。はたして、それがやむを得ない発砲だったと言えるのだろうか？」

ダグラス大尉は両腕を組み、椅子の背もたれに体重を預けた。

内心、げんなりした。すんなり行くかと思えば、そうは問屋は卸さないってか。で、どんな難癖《なんくせ》をつけようってんだ？

「《見えざる焔《インビジブル・インフェルノ》》が関わっているとおぼしい情報を手にしながら、それを誰にも伝えようとしなかった。さらには、警察はおろか、我ら上層部にも話を通さず、単独で捜査をした。これはどう考えても、己の分《ぶん》をわきまえぬ許しがたい仕儀だ。――どうだ、きみらはそうは思わんのかね？」

ダグラス大尉がそう言うと、左右のデルコ中尉とテレンス少尉はダグラス大尉ごしに視線をやり取りさせた。それによって、なんらかの意思の疎通がはかられたらしい。

「そ、そうですね。警察に対して有益な情報を閉ざし、ナンシー・ドルー気取りで単独の捜査をしたという行為は、容認しがたいものがあります」

「私も同意見です。彼女は《見えざる焔《インビジブル・インフェルノ》》への個人的な復讐心《ふくしゆうしん》に目がくらみ、判断を誤った」

「……」

天井に目が行ってしまう。おいおいおい……なんなんだよ、あんたら。その風見鶏《かざみどり》ぶりっぷりは。

「私が思うに、だ。これまでのきみの言動をかんがみるに、きみはカウンセリングを必要としているのではないか？」

ダグラス大尉は髭《ひげ》をいじりながら、にやにやとあたしに笑いかけてきた。

「は、はぁ？　カウセ……なんですか？」

「カウンセリングだ。きみはＳＷＯＲＤ訓練生として過ごす毎日にストレスを募らせ、そのはけ口をこういう形で求めてしまったのではないか？　私はそう言っているのだよ」

「な……」

奈落を見た思いがした。あたしが——カウンセリングを必要としている？　なんなんだ、それ？

ぱくぱくと虚《むな》しく口を開閉させる。なんということであろうか、一時的に声の出し方を忘れてしまっていた。

「……あ、あたしが過去に、教官の顔をつぶしたことは、今は関係ないはずです！　根拠もない言いがかりはやめてください！」

感情がコントロールできなくなりつつある——。自分でも言うつもりのなかった言葉が——まちがってもこの査問の場では口にすまいと決めていたその言葉が——激しい語調で飛びだしていた。

「見苦しいかぎりだな、私が個人の感情を交えていると言いだしたか。困ったものだ」

ダグラス大尉は、してやったとばかり、いかつい顔に満面の笑みを浮かべている。

デルコ中尉、テレンス少尉らも、つとめてあたしと視線を合わさないようにしながら、曖昧《あいまい》に微笑《ほほえ》んでる。このふたりはダグラス大尉とはまたちがった意見を持ってるっぽいけど、上官の機嫌を損ねてまであたしに肩入れする気は毛頭ないらしい。

「あ……あたしにも教えてください、あれから爆弾の調べはついたんですか？　あいつはやっぱり、《見えざる焔《インビジブル・インフエルノ》》でまちがいなかったんですか？」

ダグラス大尉は髭《ひげ》をしごきながら答えた。

「……まあ、結論からいえば、そのとおりだ。きみが遭遇したライダースーツ姿の人物は、ＦＢＩ十大犯罪者リストにその名を連ねる、《見えざる焔《インビジブル・インフエルノ》》本人だったようだな。ＦＢＩの爆発物処理班がそう断定している」

――あんたじゃ私の焔《ほのお》を消せやしないさ、ベクシル――

脳裏に再生されるその言葉に、ぎゅっと両の拳《こぶし》を握りこむ。手のひらに深く爪が食いこみ、血が滲《にじ》むほどに。

「……だ、だったら！　あたしの捜査が、あいつらの探られたくない部分に触れつつあって、それであいつらはあたしを殺そうとして……」

「それがきみの身勝手な単独行動を正当化することになるとでも？　きみと《見えざる焔《インビジブル・インフエルノ》》

の銃撃戦で、市民一名が膝《ひざ》に被弾し、大ケガを負っている。これは他の誰でもなく、きみの責任だろう？」

「そ、それは……」

街中での、しかも生身の人間相手の発砲——。はじめての経験だった。

発砲そのものにためらいはなかったし、今だって後悔してない。相手の戦闘力を奪わなければならない局面で、なすべきことをしたまでだ。また同じ状況下に放りこまれれば、あたしは迷わず引き金を引くだろう。

けど——。民間人を巻きこんでしまったのは、かえすがえすも痛い失態だった。

撃たれた会社員の男性は弁護士と協議してどう対応するか検討中とのことだけど、ヘタをすれば、あたし個人の失態という枠を超えて、ＳＷＯＲＤ全体の問題とされかねない重大事だった。

「ただ、ここにきみの減刑嘆願書が届いていてな……」

ダグラス大尉は紙の束をめくり、そのうちの一枚をひらひらとあたしに示してみせた。

「きみの同期生にしてルームメイトのローラは、同期生や下期生らに必死に呼びかけて、たった半日で七十三人ぶんの署名をかき集めてきた。男女比は二対八。きみは同性に慕われる傾向があるようだな」

「……」

あたしのせいで、ローラにまで迷惑をかけてしまった……。ひいては、署名に応じてくれた訓練生たちにも。彼らは今後、ＳＷＯＲＤ上層部ににらまれることになるかもしれない。どんなに少なく見積もっても、絶対にプラスにはなりっこない……。

「ともあれ、きみにはやはり、専門医による精神鑑定を受けてもらうとしよう。その結果を踏まえてもういちど査問会を開くが――どうだろう。きみは私たちにそこまで手間をかけさせたいかね？」

ダグラス大尉は冷酷な笑みを唇に刻んだ。

「……。どういう……意味ですか？」

「おや、わからんのかね？　いいか、我々は組織だ。組織に必要なのは、仲間と協調できる人間だ。目上の人間を敬い、その命令を的確にこなせる人間だ。その点、きみは我ら教官に対して敬意をかけらも持たず、反骨精神ばかりを募らせている。そんなきみが果たしてＳＷＯＲＤの一員たるにふさわしいか？　我らの処分を待つより、自分でさっさと辞表を書いて提出したほうが、赤っ恥をかかずに済むのではないかと忠告しているのだよ！」

「――――」

あたしという人間の尊厳すべてを奪うその言葉に、頭のなかがまっしろになった。踏みしめている足元が崩落し、果てない深淵《しんえん》へと墜落していくような感覚を味わった。

そのときだった。背後で物音がした。両開きのドアが開け放たれ、ひとりの人間が室内に駆けこんできたのだ。

　機械的に振り返ったあたしの視界に、ＳＷＯＲＤ正装用の青の制服を着て、胸に中尉の階級章を留めた人影が映った。

「その裁き、待っていただきたい！」

「レ、レオン教官……？」

　声帯が無意識のうちに震え、その人物の名を紡《つむ》ぎだしていた。

　レオン教官はつかつかと歩を進め、被告席に佇《たたず》むあたしの正面にまわりこんだ。あたしをかばうようにして、ダグラス大尉らと対面する。

「レオン中尉。きみは今の時間は、訓練生らの講義を受け持っているはずだが。この場に現れたということは、職場放棄を意味しているのかね？」

　ダグラス大尉は完全な詰問調だった。

「いえ、後輩のライアン少尉に頼んで、代理として講義を受け持ってもらいました。ですので、俺《おれ》がこの場に立ち合うことは、なんの問題もないはずです」

「問題がない？　解せぬ言葉だな。きみは査問会のメンバーでもなんでもないはずだ。そのきみがここに現れた理由は？」

「どうかお聞きください！　ベクシルに咎《とが》はない。彼女の話に耳を貸し、監督官として彼女に同行して、無国籍人間《ターミナル・マン》および《見えざる焔《インビジブル・インフェルノ》》に関する捜査をおこなったのは、この俺です。

彼女には、俺《おれ》の助手《アシスタント》として付き添わせただけのこと。ベクシルを罰するならば、この俺を罰していただきたい！」

「な……」

たっぷり二、三秒は脳が機能しなかった。

──査問会が開かれるまでの丸一日間、あたしは教官棟の独房に拘留《こうりゅう》されていた。そのあいだ、ローラや何人かの同期生・下級生らが会いに来てくれたけど、レオン教官は面会には来なかった。それで、はっきりわかった。レオン教官は、あたしを見捨てたんだと。

それでもあたしは、査問の席で、レオン教官のことを口に出すつもりはなかった。そんなことをしたって、レオン教官は絶対にあたしとの共同捜査を認めまい。あたしとの関係を全否定し、自分の保身に走るに決まってる。

でも、それを責める気はなかった。なぜって、《見えざる焔《インビジブル・インフエルノ》》と銃撃戦を起こしたのはあたし個人の責任だからだ。レオン教官はもともと関係ない人なんだ。

それなのに……。どうしてこの男はこの場に現れた？　どうしてあたしをかばうようなことを……。

「……レオン中尉。今の話は事実かね？」

ダグラス大尉はレオン教官をじろりとにらみつけ、語気鋭くそう確認した。

「はい。きっかけこそはベクシルの報告からですが、この件を放置するわけにはいかないと判断し、捜査に乗りだしたのは、俺の責任によるものです。重ねて申しあげます。ベクシルには一分《いちぶ》の責任もない」

「……むう」

しばらくの空白をはさんで、椅子の背もたれに体重をあずけて胸をそらし、ダグラス大尉が口を開いた。

「話はわかった。が、彼女をただで放免するというわけにはいかない。暫定《ざんてい》として、三日間の拘禁《こうきん》処分とする。レオン中尉、きみへの査問は別の機会にもうける」

「感謝します、ダグラス大尉」

レオン教官は直立不動の姿勢になり、伸ばした手のひらを右のこめかみに当て、斜めに切り下ろした。

「やれやれ。まるでペリイ・メイスンの法廷劇のラストシーンのようだな……」

うめくような口調でダグラス大尉がつぶやき、苦笑らしきものを浮かべた。

# 18

背中に、固いマットレスの感触。目に映るのは、ひび割れた天井の染み。

ベッドと、便器と、水道があるだけの狭苦しい個室。天井近い高さにあるはめ殺しの窓からは鈍色《にびいろ》の光が射《さ》しこんでいる。通路と室内とを隔てているのは、横一列に立ちならぶ鉄の棒だ。通路をはさんだその向こうにも、やはり同じ要素から成り立ってる牢屋《ろうや》があるけど、そっちはあいにくと無人だった。

どうでもいいこと、どうしようもないこと、どうにもならないこと——諸々の思いが、頭のなかを駆けめぐる。

それでも、不可思議なことに、思考はマイナス方面には振れない。

なんなの、これ。

あたしのなかで、勝手になにかが育ってるような、そんな漠然とした不安感。そいつが今までのあたしを食らいつくし、とってかわろうとしているような……。

かつん、かつん——。

廊下に律動的に響く足音を、ぼんやり耳に受け止める。

鉄格子の向こうに姿を現したのは、黒人の看守と、刑務官役のＳＷＯＲＤ職員だった。おのおのが迷彩柄のコートと、同じく迷彩柄の幅広のカーゴパンツをはいている。ベッドにひっくり返ったままのあたしに声をかけてくる。

「面会の相手が来てる。出ろ」

「……」

あたしがボロボロのスリッパにつま先を蹴《け》りこむのを見て、看守は鉄格子《てつごうし》の脇《わき》にあるスイッチを操作した。ブーッと電子音が鳴り、電子ロックが解除される。

前後を刑務官にはさまれながら歩き、一室に通された。スチール製の机とパイプ椅子《いす》があり、壁に原始的な受話器が取りつけられている。透明の間仕切りをはさんで、同じ構成からなる部屋が線対称《シンメトリー》的に向こう側にもうけられていた。

「面会人とはその受話器を使って話せ。会話の内容は傍受・録音される。面会時間は二十分だ」

黒人の看守はそう言い残すと、刑務官らとともにドアの向こう側へ消えた。対面の席に座る人物は受話器を手に取り、耳に当ててた。迷いのないまなざしがあたしを映す。

『大丈夫か、ベクシル』

電子の作用で歪《ゆが》められた声が、耳にあてた受話器から吹きこまれる。

「たいしたことないわ、レオン教官。ちょっとした休暇を満喫してる。つーか、ヒマでヒマで、このままじゃＬＡ《ロサンゼルス》をブチ壊しそうなぐらいね」

『そうだと思ったから、俺《おれ》もここへ来た。――そう、ＬＡを救うために』

軽口を応酬させながらも、なんか空気がぎこちない。互いに遠慮しあっているような距離感がある。

「教官のほうはどうなの？　なんか罰を食らった？」

『きみが気にすることじゃない』

「そうはいかないよ。元はといえば、全部あたしの責任なんだし。ちゃんと教えて」

少しのあいだ、息遣いだけが聞こえた。

『……三か月分の減棒処分ということに落ちつきそうだ。《見えざる焔《インビジブル・インフエルノ》》に撃たれた被害者を見舞い、よく詫《わ》びておいた。先方は保険にも入っていたし、示談でなんとかなると思う。というより、自分を撃った相手がＦＢＩ十大犯罪者リストに載ってる人間だってことに驚き、興奮してたよ。じゃあこれは名誉の負傷ってわけだ、同僚に自慢できる――なんて言ってたぐらいだ。はは』

「そう……」

『どうした？　なんでまた、そんなしょげた顔をする？』

「ごめん……。教官の忠告も聞かず、カッとなって追っかけたあたしがバカだった」

『仕方ないさ。俺がきみの立場だったら、やはり同じ行動を取っていたと思う。たとえ合衆国大統領その人に止められたところで、それを振り切っていたはず』

「……本当？」

『だって、長年憎みつづけてきた、自分の父親の仇《かたき》じゃないか。冷静でいられる人間のほうこそ、よほど人格に欠陥があると思う』

　澄んだ瞳《ひとみ》があたしを射抜く。ありとあらゆる許容が、そこにはあった。

『あのあと、俺《おれ》はあの無国籍人間《ターミナル・マン》を追いかけたが、見失ってしまった。奴《やつ》は《スミスの家《Smith's home》》の敷地のすぐ外にポルシェを停《と》めていて、それで逃げ去ってしまった。ナンバーを記憶しようにも、暗くて確認することができなかった』

「そっか……。そっちも空振りか……」

『それと、やはり俺のバイクにも爆弾が仕掛けられていた。感圧式の爆弾だった。シートに四十キロ以上のものを載せたとたんに起爆するよう細工されてたらしい」

「……あの無国籍人間《ターミナル・マン》は、あたしたちの注意をバイクから逸《そ》らすためのおとりとして使われたのかな？」

『ああ、たぶんまちがいない。ただ、無国籍人間《ターミナル・マン》と《見えざる焔《インビジブル・インフエルノ》》との連携がうまくいかず、きみのバイクに爆弾をセットし終わらないうちに俺たちに見つかってしまって、ああいうことになったんだろうな』

「そっか……」

『爆弾の種類はRDX。C3爆薬やC4爆薬といったプラスチック高性能爆薬の主成分だ。民間人の所持は法で禁じられてる、軍用の製品だ。TNTやピクリン酸アンモニウムなどはかんたんに手に入るが、RDXを入手できる人間はかなり限られている。が、そこはそれ、相手は《見えざる焔《インビジブル・インフェルノ》》だ。希少な爆薬を入手するルートはいくらでもあるんだろう。奴《やつ》が乗り捨てたレーサーレプリカも盗難車だった。そこから容疑者を絞りこむこともむずかしい』

「それじゃ、なんの手がかりもなしってことなの？」

『残念ながらな。駅であの《見えざる焔《インビジブル・インフェルノ》》の発砲に警備ロボットが反応を示さなかったのは、俺のような政府関係者のIDに書きこまれてる情報がやつのIDにも書きこまれていたんだろう。民間の技術ではおよそ不可能という話だが、犯罪者どもの技術も法執行機関の一歩先を行こうと、日進月歩してるわけだからな。さらには、あれから雨が降ったことで、レーサーレプリカのタイヤ痕《こん》も、無国籍人間《ターミナル・マン》が乗ってたポルシェのタイヤ痕も消えてしまった。どこから《スミスの家《Smith's home》》までやって来たのか、トレッドパターンから探りだすこともできない』

「はぁあっ……。もう、やってらんない。なんもかんも裏目に出てばっかだよね……」

——あんたじゃ私の焔《ほのお》を消せやしないさ、ベクシル——

あいつが残した言葉が、消せない烙印《らくいん》となってあたしのなかに焼きついている。

断言できる。十九年と三か月生きてきたなかで味わった最大の屈辱こそ、あの瞬間にほかならなかった、と。

あらためて自分に誓いを立てる！　なにがなんでも、《見えざる焔《インビジブル・インフェルノ》》をあたしの手で捕まえてやる！　そうしないかぎりは、この敗北感は消せやしない――！

だけど――だけど、今あたしの心の大部分を占めてるのは――。

「その……ひとつ、聞いてもいい？」

『なんだ？』

「あんたはさ、どうしてあの査問会で、あたしをかばってくれたの？　おまけに、こうやってわざわざ面会にきて、事後報告までしてくれる。あたしなんか見捨ててしまったほうが得だってのに」

もしあの査問会にレオン教官が来てくれなかったら、どうなっていたか？　考えるだに恐ろしい。

あたしはダグラス大尉の挑発にまんまと乗せられ、さらなる問題行動を起こしていたかもしれない。怒りに任せてダグラス大尉をタコ殴りにするか、その場で辞表を書くか――。

どっちにしたって、あたしのＳＷＯＲＤ隊員としての道は閉ざされていただろう。

『きみとしてはどうだ？　きみにとって俺《おれ》は、いまだ障害か？　頭を押さえつける邪魔な存在か？』

「え……？」

『俺との共同調査、そして査問会、拘禁《こうきん》処分――これらのできごとを経て、きみはきみが軽んじている組織・集団というものについて、少しは考えてみる気にはならなかったか?』

「組織?　集団……?」

『たとえば、きみのルームメイトが集めた減刑嘆願書はどうだ?　きみをかばおうとして、七十人以上の人間が署名を連ねてくれた。そのことにきみは心を動かされはしなかったのか?　少なくともその七十人あまりは、きみのことを仲間と、組織の一員と認めているからこそ、署名に応じたのだ。それでもきみは、ベクシル個人であることのほうが大事か?　SWORDという組織を重んじることはできないのか?』

「そ、それは……」

あたしとレオン教官の視線がぶつかった。意識とは無関係に、まばたきが激しくなった。目線を落としてしまう。

『……きみは基本的に完成度の高い人間であるため、他人との意思疎通をあまり必要としなかったのだろう。それに、SWORDにいたお父上のこともある。きみはお父上が誇りに思うような優等生でいつづけなければならなかった。だから肩肘《かたひじ》を張りつづけた。それはわかるつもりだ。だが、もうちょっとゆとりをもって周囲を見渡してみないか?　きっとちがったなにかが見えてくるはずだ』

あたしは顔を上げた。レオン教官は整った歯並びをのぞかせ、微笑《ほほえ》んでいた。

「……そうだね。確かに、一理あるかもね」

そんな穏やかな受け答えが喉《のど》から出てきて、自分で自分に驚いてしまう。

ちょっと前のあたしだったら、フロイト気取りで人の心を分析して、聞いたふうな口を叩《たた》く
こいつのことを憎んだだろう。

なのに、あたしの心の水面は、不思議に凪《な》いでいる。

こう……なんか、彼とあたしのあいだにあった垣根が、どんどん下がってきてるような気
がした。それこそ、ひとまたぎで行き来できる程度の高さにまで。

あらためて、ガラス一枚を隔てた向こう側にいるレオン教官の視線を捉《とら》える。

こちら側と向こう側――。

あたしと、レオン教官と。

あたし個人と、ＳＷＯＲＤという組織と。

こちらと向こう――。

瞬間。微弱な電流が、脳裏に走った。

「……レオン教官。こんなときであれだけど、『ＬＡ０６１６０６２０』の意味、わかったか
もしれない」

『なんだと……本当か？』

「あたしとレオン教官――こちら側と向こう側。『ＬＡ０６１６０６２０』――こちら側
(Leave0616) と向こう側 (Arrive0620)。出発日時と到着日時。つまり、六月十六日出発の

船が、六月二十日にロングビーチに入港する。そしてそれに、『クニオ・タナカ』が乗っている、という意味なんじゃ?」

和んでいたレオン教官のおもざしが真摯《しんし》なものに一変した。電波を通じて、レオン教官が受話器を握る手に力をこめる音が伝わってきた。

# 19

がちゃりと音がして、光が射《さ》しこんできた。目を細める。逆光を背に、ふたつの人影が佇《たたず》んでいた。

「とんだ大ネズミがいたものだな。——顔を見せろ」

「……え、もう到着したの?」

トランクのなかで膝立《ひざだ》ちになったあたしの目の前には、SWORD制式の青の制服を着て腰にホルスターを吊った二十歳代前半の男性がふたり。これ以上ないぐらいのしかめっ面で、あたしをにらみつけている。

彼らの背後では、ずらりと縦横に並んだ車の列が、引かれた白線の枠に収まり、メタリックあるのが見える。

塗装に陽射《ひざ》しを反射させせてる。駐車場の一角らしい。すぐ手近なところに白亜のレストランが

「あ、ここサービスエリアなの？　そろそろトイレに行きたいかなー、なんて思ってたんだ。あは、あははは……」

場を和ませる目的での笑みは功を奏さず、ＳＷＯＲＤ隊員ふたりはあべこべにますます険しい顔つきになった。あらま、だいぶご立腹？

ふたりのうち、やや童顔でハンサムなほう——『21ジャンプストリート』時代のジョニー・デップにそっくりだ——が大仰《おおぎょう》にため息をついた。肩にとりつけた無線機をはずし、唇へ近づける。

「ライアン少尉からレオン中尉へ。すべて中尉の言ったとおりでした。どうぞ」

『ご苦労。こっちへ連れてきてくれるか』

無線の声があたしの耳にまで洩《も》れ聞こえてくる。

リアバンパーをまたぎ越したあたしは、レストランへと連行されていった。最近竣工《しゅんこう》されたばかりとおぼしい、小綺麗《こぎれい》な建物だった。内装もイタリア風でなかなかに洒脱《しゃだつ》だ。

「どうだ？　ここまでの旅は快適だったか？」

バイキング形式の食堂の片隅に青い制服の集団が固まり、料理を盛った皿をつついていた。そのなかに混じっているレオン教官の前へとあたしは連れだされ、そう第一声を投げられた。

「狭いし暑いし息苦しいしで、もうサイアクね」

レオン教官以外のSWORD隊員たちはおのおの料理を口に運ぶかたわら、珍奇なものでも見るような目をあたしに向けている。

「朝からの行動を説明してみせろ」

「えっと……。朝五時に起きてすぐ、SWORDの教務課に『拘禁《こうきん》処分が解けたばかりで精神的に消耗が甚《はなは》だしく、微熱もあるので、今日の講義は欠席します』とネットで報告して……。んで、あたしはその受理を待たずしてバイクを飛ばし、サンタモニカのSWORD本部に到着した。そして、本部裏手の駐車場に張りこんで、レオン教官たちが出発の準備をしてるまに、一台の車のトランクに潜りこんだ——とまあ、こんな感じ。ちなみにルームメイトはこのことに関知してないから、彼女にはいっさい責任はないんで、そこんとこよろしく。……でも、なんでバレたの？」

「俺《おれ》の携帯端末には、担当訓練生の携帯端末の電波をトレースできるシステムが備わってる。きみがどこにいるかは常に俺に筒抜けだ」

レオン教官はフォークをサラダの皿に投げだすと、懐から携帯端末を出し、ひらひら振ってみせた。

「あちゃー……」

そうか。着任早々、あたしたち訓練生から携帯端末を集めたことがあったけど、そんな小細工をするためだったとは。

「何度も言い聞かせたはずだが？　今回はＳＷＯＲＤ本隊を含め、複数のチームが出動する大捕り物になる。これまでのような、俺ときみだけの捜査とはわけがちがうのだから、一訓練生にすぎないきみに、この作戦に参加させられる余地はないと」

――あれから、レオン教官の調査の結果、いくつかの事実が判明していた。

まず、六月十六日発六月二十日ロングビーチ到着、そして船客名簿に「クニオ・タナカ」の名が連ねられている船として、コロンビア船籍の船『アルドーニョ号』が捜査線上に浮かびあがった。

クニオ・タナカについては、アメリカの犯罪者データバンクに照会したところ、記録がなかった。けどコロンビア当局に問い合わせたところ、同国はじめ、メキシコやペルー、ブラジルなど、南米の国々で麻薬売買の罪で起訴され、何年か服役していたという経歴があっさりと割れた。三年前の日本の鎖国宣言よりもっと以前から南米に渡り、鎖国決定時にも日本へ帰らず、みずから無国籍人間《ターミナル・マン》となることを選び、イリーガルなビジネスで糊口《ここう》をしのいでたチンピラだった。

あたしとレオン教官の意見は一致を見た。

すなわち、あの無国籍人間《ターミナル・マン》は、《スミスの家》《Smith’s home》の書庫を使って犯罪シンジケートの人間と秘《ひ》密裡《みつり》に連絡を取りあい、運び屋の姓名、および到着日や到着港を知らせていたんだ、って。

そう――つまり無国籍人間《ターミナル・マン》らは、麻薬の密輸をもくろんでるんだ。以前、ＣＳＩのヴァンが襲われてドラッグが奪われた事件があったように、彼らのシノギは主として麻薬がらみなんだ。そして、《見えざる焔《インビジブル・インフェルノ》》の今の雇い主は、彼らにちがいないと。

レオン教官は、これまでに調べた情報を明らかにし、ＳＷＯＲＤ上層部を説いた。いくつかの会議を経て、レオン教官の主張は承認された。ＳＷＯＲＤ上層部は一部隊を派遣し、その船『アルドーニョ号』を、着港と同時に拿捕《だほ》することになったわけだ。

「きみにしても、拘禁《こうきん》が解けた翌日のことなのだから、さすがに自粛してくれるものと思っていたのだが……。甘い考えだったようだな」

「ね、ねえ。今さら、あたしの手柄として認めてもらいたいとか、そんなことは言わないよ。でも、この事件は、あたしがつかんだ糸口から、ようやくここまでたどりついたんじゃんか。せめて、結末を見届けるのに立ち会うぐらいの特典はあってもいいんじゃない？」

「まったく……」

レオン教官は短く吐息をついた。

「ねっ？　頼むから、このとおり！」

「……是非もないな。ただし、こんなことは今回限りだと思え」

「ありがと！　恩に着るよ！」

「さしでがましいようですが……。本当にいいんですか、中尉？」

あたしをここまで連れてきたほうのヤング・ジョニー・デップ――ライアン少尉っていったっけ――が、そう口をさしはさむ。

「責任は俺《おれ》が取る。――ベクシル、食べ物を持ってこい。そのぶんじゃ、朝食も摂ってないのだろう？　捜査は長時間にわたる可能性が高い。いま腹になにか入れておかないとあとあと響くぞ」

鼻歌を口ずさみながらバイキングのコーナーへ向かい、トレイに皿を三枚載せ、トングで料理を取り分ける。日本料理、西洋料理、中華……全部で三十種類近くある。

もちろん、トランクのなかにずっと隠れおおせてる自信なんてなかった。見つかってしまう事態は最初から想定ずみだったんだ。でも、レオン教官だったら、きっとあたしを容認してくれる――。そう思ったからこそ、こんな挙に出たんだ。はたしてあたしは、まちがってなかった！

レオン教官の部下たちは意外とフランクな人たちばかりだった。みんなあたしと《見えざる焔《インビジブル・インフェルノ》》との因縁を知っていて、「早くあいつが捕まるといいな」「お父さんに会うことがあったらよろしく伝えてくれ」など、食事中のあたしに温かい言葉をかけてくれた。

さびしがりやの胃袋を満足させ、南下すること小一時間後。レオン教官の運転する特殊戦略車両の助手席から降りたとたん、鉄と潮の匂《にお》いがどっと鼻腔《びこう》に押し寄せてきた。

ロングビーチの波止場。紺というより、淡い緑色のように見える海。波頭だけが白い。

上空をカモメが飛んでいる。港の騒音にまぎれて、潮騒《しおさい》が聞こえる。

大小さまざまの船舶が停泊している。肩に荷を担《かつ》いだ筋骨隆々の男たちほか、運搬用ロボットが、せわしなく行き来していた。

港にはすでに、赤煉瓦《れんが》の巨大な倉庫を背に、さまざまな色に塗りわけられた特殊車両が停《と》まっていた。黒、青、紺の制服を着た捜査官らが、輪になってコールサインを確認したり、図面のようなものをまわし見したりしていた。

「なんか、やけに大所帯ね……」

レオン教官が車両の前面をまわりこみ、近づいてきた。

「それはそうだ。ＡＴＦ（アルコール・タバコ・火器取締局）とＤＥＡ（麻薬取締局）とＦＢＩと湾岸警備隊のＮＲＴ《ナショナル・レスポンス・チーム》も来てるのだから。ロングビーチ警察からはＣＳＩ科学捜査班も来てる」

それじゃ、法執行機関のオンパレードじゃんか……どれどれ、何人ぐらいいるのかな？
三十、四十、五十……たくさん。最低でも百人は下らないわね、こりゃ。
「なんでここまでものものしくする必要があるの？　相手はたかだかコソ泥一匹でしょ？」

「調べによると、アルドーニョ号の副船長以下、船員たち数名に、麻薬所持の前科があることがわかった。クニオ・タナカと一脈通じている可能性もある」

「そっか。それでか……」

ATF、DEA、FBI、湾岸警備隊、CSI……レオン教官に随行し、お偉いさん連中に挨拶《あいさつ》してまわる。あちらさんがたはみんな態度や物腰は丁重そのものだったけど、目がちっとも笑ってなかった。

なんなんだろ、このギスギスした空気。力を集結させて捜査に当たろうって雰囲気がかけらもない。どうも、縄張り争いの意味あいのほうが強いっぽいな。

そのまま立ちつくすこと、数十分ほど。水平線の彼方《かなた》、豆粒大にしか見えていなかった船舶の姿が、じょじょにその全容を現してきた。

白い航跡の尾を曳《ひ》きながら、『アルドーニョ号』が入港してくる。往路の車内で見せてもらった資料によれば、総トン数三十五、定員四百名という、中規模のフェリー船とのことだった。

エンジンが停止し、錨《いかり》が降ろされ、タラップが渡される。同時に、ショットガンをスリングで脇《わき》に提げたSWORD隊員、オートマチック銃を構えたATF職員、FBI捜査官、DEA捜査官、湾岸警備隊らがどたどたと階段を駆けあがる。

「俺《おれ》たちも行くぞ、ベクシル」

「うんっ！」

『アルドーニョ号の乗船客および乗組員へ告ぐ、我々はアメリカ連邦国捜査機関である！　このフェリー船に、指定伝染病患者、ないしはその保菌者《キャリアー》がまぎれこんでいるとの情報が入っている！　船員は持ち場で、船客は自分の船室にて待機せよ！　なお、この伝染病は空気感染の恐れはないので、無用に騒がぬこと！　勝手な下船は認めない！　繰り返す、調査が終了するまで、勝手な下船は認めない！』

戦略車両に搭載されたスピーカーを通じ、ＳＷＯＲＤ隊員ライアン少尉の声が響きわたる。はじめは英語で、続いてスペイン語で。

むろん、「伝染病」「保菌者《キャリアー》」うんぬんはカムフラージュの口実だ。

ブリーフィングで入念に打ち合わせたとおり、各隊員は一斉に散開した。船長室、操舵《そうだ》室、貨物室、食料庫、機関室といった要所要所を押さえにかかったのだ。船のすみからすみまで、徹底的に臨検がおこなわれる手はずだった。

「お、おい！　な、なんなんだあんたら！」

二等船室にこもっているクニオ・タナカは、黒というよりもグレーに近い髪を短く刈り上げていた。大きくて丸みをおびた頭。太くてがっしりした首。農夫のようなごつい赤ら顔。動揺を浮かべた三白眼《さんぱくがん》が、いきなり闖入《ちんにゅう》してきたあたしやレオン教官、その他ＳＷＯＲＤ隊員の四人を見ている。

レオン教官は彼の目の前へ進み出て、ショットガンのポンプをじゃきんと前後させた。

「壁に手をつけ！　両脚を肩幅に広げるんだ！」

「な、なんだってんだ、いったい……」

クニオ・タナカは両手を小さく上げ、おとなしく壁に両手をついた。骨張った大きな手がタナカの身体をまんべんなく叩《たた》いてまわり、武器を隠し持ってないことを確認した。

「クニオ・タナカ！　麻薬はどこだ？」

ドスの効いた低い声音がレオン教官の喉《のど》から押しだされる。

「だ、だから待てってば、いったいなんのことだ？　さっぱりわけがわからん！」

レオン教官はクニオ・タナカのうしろ襟をひっつかみ、部下のひとりのほうへと押しやった。

「こいつを外のCSIチームのヴァンまで連れていけ。着衣ないしは体内に麻薬を隠し持ってる可能性がある。徹底的に調べさせろ」

「おい、なにかのまちがいだ！　俺《おれ》はもうヤクから足を洗ったんだ！　名誉毀損《きそん》で訴えるぞ、おい！」

口から泡を噴いてがなり立てながら、クニオ・タナカは廊下を引きずられていった。

「ね、レオン教官！　部屋の捜索ぐらいは手伝ってもいいでしょ？」

「……そうだな、突っ立っていられても邪魔なだけだ。好きなようにしろ」

ようし、張り切って調べるぞ！　ベッドの下、マットの裏側。クローゼットの中。壁にかかった航海図の複製画。ナイトテーブルの上の船の模型。ありとあらゆるものに手を触れる。

DEAの捜査官が二頭の警察犬を連れてやってきた。犬がくんくんと鼻面《はなづら》を床に擦《す》りつけ、そこらじゅうを嗅《か》ぎまわりはじめる。

――そして、約二時間が飛ぶように過ぎ去った。

あたしの感情メーターは、その二時間前とはまるっきり逆方向に振れていた。カタチのない焦燥感《しょうそうかん》。めまいにも似た、激しい虚脱感。

クニオ・タナカの体内、船室内、およびその手荷物からは、一ミリグラムとて麻薬類が出てこなかった。クニオ・タナカ以外の無国籍人間《ターミナル・マン》の乗客らにまで拡大して調べは進められたが、『アルドーニョ号』の内部からは、まったく麻薬に類するものが発見されない。

レオン教官の表情も、刻一刻と険しさを増していった。

「くっ……！」

「――おい！　どこへ行く、ベクシル！」

じっとしてなんかいられるかっ！　クニオ・タナカは、CSI科学捜査班が取り調べているんだっけ？　こうなったら直接本人を締めあげ、ゲロさせてやる！

「どう？　クニオ・タナカの体内から、麻薬は見つかったっ？」

クレゾールの匂《にお》いが鼻をつく。波止場に停《と》められたCSIのヴァンは、状況に応じて機材を積み替える一種の移動実験室《ポータブル・ラボラトリー》だった。回転椅子を軋《きし》らせ、白衣を着た黒人の女性捜査官が、あたしのほうを振り返った。

まだ若い。三十歳には届いていないだろう。顔の輪郭、体の線はふっくらとしている。垂れた感じの目。襟にかからない長さで切られた髪の先は内側にカールしている。

車体壁に沿って設けられているベンチには、黒の制服を着た捜査官ふたりに左右をはさまれる形で、クニオ・タナカが座っていた。あたしを一瞥《いちべつ》して、唾《つば》を足元に吐き捨てる。

「あら、状況は無線で伝えたはずだけど？」

　ＣＳＩ捜査官の冷静な目があたしを射抜く。

「そ、それはわかってるけど、なにかの手ちがいってことはないの？　ほんとにこいつは身体に麻薬を隠してないの？」

「胃カメラを飲ませたけど、胃袋のなかには異物は見られなかったわ。全身をＸ線でスキャンした結果も、シロ。身体のどこにも麻薬は仕込まれてない」

「しゃ、写真を見せてっ！」

「元気のいいお嬢さんね。はい、気の済むまでどうぞ。……クニオ・タナカの自己申告によれば、昔ギャングとやり合ったときに右肩を撃たれ、その弾丸の破片が一部体内に残ってるってことだけど、変わったことといえばそれぐらいね。レントゲンにも映ってるでしょ？」

　黒い肌の指が、ホワイトスクリーンに留まった一枚の写真を示す。確かに、右肩口のところに微少な白い異物が埋まってる……。

「じゃあ、この銃弾が、偽装された麻薬って可能性は……」

「残念だけど、医学的見地からいって、ありえないわね。百歩譲ってこれが偽装だとしても、この程度の大きさじゃ、たいした量は運べっこない。ドラッグの運び屋の手口じゃないわ」

「どうだ、これで濡《ぬ》れ衣《ぎぬ》だってのがわかったか？　嬢ちゃんよ」

人を小馬鹿にするような巻き舌。クニオ・タナカは嘲《あざけ》りの笑みを浮かべていた。

「このっ……！」

「こら、きみっ！　なにをする気だ！」

タナカの胸ぐらをつかみあげたあたしに、左右から黒の制服の捜査官らが組みついてきて、強引に引きはがされた。タナカは瞬間的に怯《おび》えた顔をのぞかせたけど、すぐにへらへらした笑顔に戻った。

「こ、答えろっ！　お前とあの無国籍人間《ターミナル・マン》は、《見えざる焔《インビジブル・インフエルノ》》とつるんでるんだろっ！　どこだ！　どこに《見えざる焔《インビジブル・インフエルノ》》は隠れてるんだっ！　コソコソ隠れてないで出てこい！」

「おい、やめろと言ってるんだ！　これ以上暴れるなら出ていってもらうぞ！」

体の両側をがっちり絡め取られ、足をばたつかせるあたしを見て、タナカは肩をすくめた。

「《見えざる焔《インビジブル・インフエルノ》》？　なんのことかさっぱりわかんねえな」

「と、と、とぼけるなっ！　あいつはっ、あたしのパパをっ……！」

「ところでよお、お前さんがた。いったいいつになったら俺《おれ》を解放する気だ？　ええ、おい。あんたらは俺の時間を盗んでる。つまり俺の金を盗んでるも同然なんだよ！　頼むから、さっさと自由にしてくれよ！　何度でも言ってやるよ。俺は今、ベリサリオ海運会社ってとこで契約社員をやってて、こっちには仕事で来たんだ！　こんな冤罪《えんざい》ふっかけやがって、もし俺が職を失うようなことでもあったら、どう責任取るつもりなんだ、あんたら！」

「レオン中尉。船客が騒ぎはじめています。指定伝染病とはいったいなんなのか、自分たちも感染していないか検査してほしいと」

「報告します。船体の構造をくまなく調べましたが、隠し部屋や隠し倉庫といったものは発見できませんでした」

「貨物室を再三にわたって調べましたが、なにも異常はありませんでした」

「客のひとりが責任者に会わせろと暴れています。十六時からの大事な会議にまにあわなくなると」

「CSIチームから連絡です。全船員およびクニオ・タナカを含めた無国籍人間《ターミナル・マン》の体内の検査が終了しましたが、誰ひとり体に麻薬は飲んでいないとのことです」

二等船室区画、クニオ・タナカの部屋の前の廊下。次々にもたらされる報告を、レオン教官は腕組みし、目を閉じたまま、まんじりともせずに聞いた。

「レ、レオン教官……」

あたしはもう、自分が燃え縮んでいくロウソクにでもなった気分だった。

こんなことがあるはずがない。あっていいはずがない。あれだけ苦心に苦心を重ね、細い糸をたぐりにたぐって、ようやく引き寄せたはずの真相が、まったくの空振りだなんて——。

レオン教官は、ゆっくり目を見開いた。肩にとりつけられた無線機をはずし、口元へ持っていく。

「……Ａ《アルファ》－１《ワン》から全隊員に告ぐ。捜査は放棄し、撤収の準備にかかれ。繰り返す。捜査は放棄し、撤収の準備にかかれ」

これみよがしなため息をついたり、あるいはおおげさに肩をすくめたり、あからさまな侮蔑《ぶべつ》の言葉を吐き捨てたり、わざと肩口をぶつけたり——レオン教官の周囲にいたＡＴＦ・ＤＥＡ・ＦＢＩ・湾岸警備隊、ＣＳＩの捜査官らは、通路を大股《おおまた》で歩み去っていく。

「ま、待ってよ、教官！」

とっさに伸ばしたあたしの手が、彼らに続こうとするレオン教官の片肘《かたひじ》をつかまえていた。

「あたしたち、絶対になにか見落としてる！　麻薬売買の前科があるから麻薬がらみ、って決めつけたのが落とし穴だったんだ！　クニオ・タナカ——あいつ、今ごろ、あたしたちの愚かさを嘲《あざけ》って笑ってる！　絶対にあいつを釈放しちゃいけない！　あいつをとことんまで締めあげて——」

「……残念だが」

やんわりと——だがきっぱりと、教官はあたしの手を振りほどいた。

「これだけの規模の捜査戦線を張りながら、なんら犯罪の証拠を発見することができなかった。すでに結論は出た。俺《おれ》ときみが追いかけていたあの暗号リレーには、なんの事件性もない。タナカは無実だ。すみやかに釈放し、丁重に詫《わ》びを入れねばなるまい」

「ち……ちがうってば！　そんなのありえない！　お願いだから、考え直して！」

「なんのまねだ。そこをどきたまえ」

「ここであきらめてしまったら、《見えざる焔》《インビジブル・インフェルノ》にたどりつけなくなる！　あたしはパパの仇《かたき》を討てなくなる！　それでもいいのっ？　ねえ、教か……」

周囲の景色がふいに流れた。肩をどやしつけられるような格好になり、よろめいたあたしは、壁に手をつきそこない、お尻から床に転げた。

「それだ。とうとう言ったな。それがきみの本音なんだろう？」

固い声が頭上から降ってくる。

「え……？」

体温のない目に見据えられ、ぞくりと背筋に寒気《さむけ》が走った。

「きみはそもそも、なぜＳＷＯＲＤに入ったのだ？」

「な……なぜって、それは、パパの志を継ぐために……」

「それだよ。きみはお父上を《見えざる焔》《インビジブル・インフェルノ》に殺害されかけたことで、選民意識を持ってしまっている。かわいそうな身の上の自分に酔っている。人から同情を寄せられて当然だと思っている。自分はまわりとはちがう、特別な人間だと思っている。《見えざる焔》《インビジブル・インフェルノ》に復讐《ふくしゅう》を遂げるために、まわりの人間が自分に協力してくれるのが当然だと思っている」

「う……」

　ものすごいショックを受けてるあたしがいる。メジャーリーガーのフルスイングが脳天を直撃し、その物理的な痛みのみをきれいに除去できるとしたら、ちょうどこんな感じになるだろうか。

「きみが復讐《ふくしゅう》を果たしたいと思っていることが悪いとはいわない。だが、だからなんだというのだ。きみ個人に《見えざる焔《インビジブル・インフェルノ》》に因縁があるから、ＳＷＯＲＤのみならず、ＡＴＦ、ＤＥＡ、ＦＢＩ、沿岸警備隊、ロングビーチＣＳＩ――これだけの組織をこれ以上振りまわすことが許されるというのか？」

「そ、それは、その……」

『アルドーニョ号』強制捜査の根源となる情報をもたらしたのは、このあたしだ。あたしの情報が、あれだけの規模の捜査チームを編成させた。そして彼らに無駄足を踏ませてしまった。

　それに、レオン教官の性分はもうわかっている。上層部に叱責《しっせき》されても、決してあたしの名前は出すまい。責任はぜんぶ自分で引っかぶる気でいるにちがいない。本当は全部、あたしのせいなのに……！

「で、でも待ってよ、教官！　あたしの話も……」

「いつか、すでに言ったはずだ！　きみは絶えず誰かに甘えたがっている！　絶えず誰かから同情されたがっている！　いいか、きみはこれっぽっちも特別な存在などでありはしない！　誰だって大きさや重さを問わず、それぞれに十字架を背負ってる！　悲惨な過去と訣別《けつべつ》しようとしたり、立ちふさがる障害を乗り越えようとしたりと、人々は誰だって闘ってる！　きみだけが特別なんてことはありえない！」

叩《たた》きつけるような、怒気を帯びた声。

「……」

あたしはもう、舌の付け根がこわばっていて、なにも言えなかった。

耳が痺《しび》れていた。頭も痺れていた。心も痺れていた。

おこりに罹《かか》ったみたいにぶるぶる震えるだけのあたしを見て、レオン教官はいつもの無表情に戻った。

「もうこれ以上、カフェで見かけたという無国籍人間《ターミナル・マン》に関する調査を続行することは許さん。——認識番号AX7773261、撤収の準備をしろ。以上だ」

しだいに小さくなっていく青の制服の背中が、つと立ち止まった。あたしのほうを振り返らず、声を張りあげる。

「SWORDは、個人としてのきみなど端《はな》から必要としていない。SWORDが求めているのは、周囲との和を保ち、組織の一員として行動できる人間だ。そのようにふるまうことができないのなら——自分なりの決断をしろ」

靴音を響かせ、レオン教官のうしろ姿が遠ざかっていく。

体が、いうことを聞かなかった。この体の主人はあんたじゃない、といわんばかりに、指一本動かすことができなかった。

# 20

不思議な記憶の空白を味わった。

気づくとあたしは、寮に戻っていて、エレベーターに乗りこんでまわれ右をし、3Fのボタンを押すところだった。

廊下で同期生らの一群とすれちがうと、彼らは気安くあたしに群がってきた。

「おいおい、拘禁《こうきん》疲れで休んだんだって？　お前らしくないじゃないか」

「FBIの十大犯罪者リストのひとり、《見えざる焔《インビジブル・インフエルノ》》とやりあったって聞いたわ。ホント、あんたはあたしらとはスケールがちがうわね」

「ま、しばらくは教官いびりは控えといたほうがいいんじゃねえの？　何事もほどほどにな」

「うん、そうだね……はは……」

部屋に戻ってきたあたしを見て、PCディスプレイの前に座っていたローラが振り返り、立ちあがった。あたしに向かって笑顔の花を咲かせる。

「ベクシル！　捜査はどうだったの？　クニオ・タナカは逮捕した？　やっぱり麻薬がらみの犯罪だったの？」

あたしは一言もなく、ローラの脇《わき》をすり抜けた。一直線に二段ベッドの一段目に潜りこむ。

「頼むから、そっとしといてくれる？　誰とも話したくないの」

「……。そう」

一年以上にわたるつきあいだ。あたしがこういう態度に出たとき、なにをいってもムダなことはローラもよく承知してる。椅子が軋《きし》る音に続き、キーボードを打鍵《だけん》する音が聞こえてきた。レポートの作成にでも戻ったのだろう。

この胸にぽっかりあいた巨大な空洞はなんなんだろう。なんであたしは、こんなショックを受けてるんだろう。

クニオ・タナカが犯罪者だという証拠を発見できなかったから？　――いや。それはほとんど関係ない。

最大の原因は――。拒絶されたことだ。あいつに。

思いもよらなかった。知らなかった。気づかなかった。いつのまにか、こうまであいつを信頼し、頼りきるようになっていた、あたし自身の姿に。

ＳＷＯＲＤ訓練生として、あいつの指導を受けるようになって。あいつといっしょに捜査をするようになって。

あいつだけには、あたしという人間をまるごと理解してもらっているような、そんな気になってた。

はじめこそは、手柄を横取りするためにあたしにつきまとってるのかと誤解したけど、つきあいを続けるうちに、そんな志の低い人じゃないってことがわかった。

そして今では、あたしが《見えざる焔《インビジブル・インフェルノ》》を捕まえて復讐《ふくしゅう》を果たすのを無条件に手助けしてくれるものとばかり思っていた。

けど、ちがった。

あいつには、ぜんぶ見抜かれていた。あたしの卑《いや》しい性根《しょうね》を。

あいつの言うとおりだ。あたしは、《見えざる焔《インビジブル・インフェルノ》》に復讐を果たすためなら、なにをしても許されると考えていた。自分はそれを許された人間だと思いこんでいた。誰もがあたしに同情し、あたしに力を貸してくれるのが当然だとばかり考えていた。

そして、一刀のもとに斬《き》り捨てられた。あたしはこれっぽっちも特別な人間じゃないと。

腹立たしい。悔しい。情けない。こんな手ひどい裏切りを受けたような気分になっている自分が。

関わらせるべきじゃなかったんだ。あたしの世界に。あいつを。そうしておけば、こんな脆《ぜい》弱《じゃく》な部分を心に育てずに済んだはずなんだ。

だって、ほんの数日前までは、《見えざる焔《インビジブル・インフェルノ》》を捕まえるのは、あたし個人でなさねばならない聖なる戦いであって、そこに茶々を入れてくるあいつは、あたしにとっての壁だったはずじゃないか。なんだってあたしは、こんな……。

「あのさ、ベクシル……。そろそろ夕食の時間だけど……」

ローラの声が聞こえた。

「食欲がないの」

「……。わかったわ」

足音がドアの向こう側へと消える。耳が痛いほどの静寂がその場を支配した。

このまま眠ってしまいたい。いや、より正確にいうなら、眠りのなかに逃げこんでしまいたかった。そう願っても、神経ははりつめるばかりで、睡魔は襲ってこなかった。

ただ、疲労だけがあった。

はじめは、けだるい、真っ黒い核のような消耗だった。時を追うにつれて、その核のまわりから疲労がにじみ出て、あらゆる感情をじょじょに蝕《むしば》みはじめた。思考はまっしろに煤《すす》けていって……。

むくりと起きだし、ベッドから降りた。携帯端末、財布などを手に取り、ごく最小限の身支度を整える。そのあいだじゅう、高いところから他人の行動を俯瞰《ふかん》してでもいるような気分だった。

外へ出て、斜陽を浴びながらバイクにまたがり、入り口ゲートの手前で、訓練棟を振り返る。

よもやまの思い出が胸に去来する。

厳しくも、充実していた訓練の日々。ローラとの他愛《たわい》ないやり取り。レオン教官との出会い。

そして共同調査……。

ふたりで《スミスの家》《Smith's home》を探し当て、暗号を解析して。査問会で進退を迫られたあたしを、レオン教官は身を挺《てい》してかばってくれて。

そうして、いつしかあたしはレオン教官に全幅の信頼を寄せるようになっていた。

けれど、けれど……。

「……」

あたしはアクセルを吹かし、マシンをスタートさせた。

# 21

「いらっしゃいませ。なにをさしあげましょう?」

ウィノナ・ライダー似のウェイトレス——起伏の豊かな胸元にはジュリア・ブルームって筆記体で綴《つづ》られたネームプレートが留まってる——がにこやかに微笑《ほほえ》みかけてくる。

「ハーイ」

あたしは片手を挙げ、どうにか笑顔らしきものを浮かべた。そこではじめて、彼女はあたしが誰だか見分けたらしく、軽く目を見開いた。

「あ……。あ、あなたは……」

「ブレンドをお願い。あと、ツナサンドとハムサンドをひとつずつ」

ばらまいた紙幣がカウンターの上にはらりと落ちる。

「あれから一週間以上経つんですね。毎日が忙しいものですから、なんかもう、半年ぐらいは過ぎちゃったような気がしますけど」

ウェイトレスはショーケースを開け、ビニールでラッピングされたサンドイッチを取りだし、トレイの上に並べた。慣れた手つきで、コーヒーサーバーのノズルの真下にカップをセットする。

「あれから……どう？　警察とかFBIとか、調べに来た？」

「店の外でパトカーとかが見られたのは最初の二、三日だけですね。あとはさっぱりです。――お客さんこそどうなんです？　重要参考人の無国籍人間《ターミナル・マン》は見つかったんですか？」

「……。さあ、どうなんだろう。あたしはただの民間人だし、それを知る立場にはないから……」

ぐさりと来ちゃった。ただの民間人、か。あはは。自分で自分の言葉に傷つくなんて、まったく世話ないよね、あたしも……。

トレイを手に、適当な席に座った。若い親子連れがいた。楽しそうに談笑している。お母さんの隣には十歳ぐらいの女の子がちょこんと腰かけてて、長い匙《さじ》でチョコレートパフェをすくい、幸せいっぱいの笑顔で口へと運んでいた。

――既視感が、あたしの意識を九年前の過去へと連れ去った。

安息日の聖餐《ミサ》の帰り。パパとママに連れられ、いつも通っていたカフェ。オーダーを取りに来る黒人のおばさんはあたしがなにを頼むかを覚えていた。――お嬢ちゃんはいつもと同じで、チョコレートパフェね？　それとも、たまにはストロベリーパフェにしてみる？　――ねえパパ、ふたつ食べちゃダメ？　――しようがないな、ベクシルは。どっちかひとつにしなさい――。

そのカフェで、あたしはパパを憎む犯罪者の手に落ちた。そしてパパは、あたしの命を救ったかわりに、二度とＳＷＯＲＤ隊員として一線に立つことはできない体になった……。

チョコレートパフェを食べる女の子が、にこにこ笑いながらあたしに手を振っていた。気づかないうちに、すっかり女の子を凝視してしまっていたみたい。

ぎこちなく視線をはずす。ごめんね、お嬢ちゃん。なんかね、もう、愛想笑いのかけらも出てこないんだわ。

ブレンドをすする――苦い。サンドイッチにかじりつく――まずい。なんの嫌がらせなんだ、あたしの味蕾《みらい》っ！　ああ、もう最悪も最悪だ……。

いつのまにか、客はあたしひとりきりになっていた。間接照明が褪色《たいしょく》した明かりを滲《にじ》ませ、セピア色に店内をけぶらせている。

「ふーっ……」

いたたまれなくなって寮を飛びだし、あてどもなくバイクを転がして、この店にやってきてたけれど。

がらんどうで、温かみがなくて、うつろなだけの空間。まるであたしの心象風景みたいだ……。

これから、どうすればいいんだろう。どこにも行く当てなんかない。あたしを受け入れてくれる人間なんて、この世界のどこにも……。

受け入れてくれる、人間……。

「……！」

藁《わら》にも取りすがる思いで、携帯端末を開いていた。

メールボックスに溜《た》まった受信メールをひとつひとつチェックしていく。

――そうか、トライアスロンのとちゅうで戻してしまったか。自分の体とのつきあい方をよく考えることだ。慣れんうちは事前に胃を空にしておくといい。――覚えなきゃならんことが多すぎる？　そりゃそうさ、ロースクールの学生以上に勉強せんといかんのだから。――

新任の教官とソリが合わないのか。いい機会だ、苦手なタイプの人間とのつきあい方を学びなさい。自分と気の合う人間とだけつきあって渡っていけるほど、人生は甘くはないのだから。

そして。パパからのメールは、全部が全部、次の言葉で締めくくられていた。――自分の信じる道を貫きなさい――。

視界が涙で霞《かす》む。ごめんね、パパ。パパの志を受け継いで、SWORD隊員になるって夢は、あっけなく挫折《ざせつ》してしまった。

パパの言うとおり、自分の信じる道を貫いてきたつもりが、このざまだもん。会わせる顔がないよ。

今日一日で、つくづく思い知らされたんだ。レオン教官って人によって。あたしには、そもそもSWORD隊員になる資格がないってことをさ……。

最後にパパにじかに会ったのは、高校にまだ在学してたころだ。ワシントンDCの政府職員専門の養護センターに入院してるパパを訪ねて、高校卒業後は大学に進学せず、SWORDの訓練生になるという意志を伝えた。「絶対にパパの仇《かたき》は討つ！《見えざる焔《インビジブル・インフェルノ》》を捕まえてみせる！」と勢い込んでまくしたてたあたしに対し、パパは穏やかな笑みを浮かべながら言った。

――そうか、それがお前の選んだ道なら、パパは反対しない。自分の信じる道を貫きなさい――

「自分の、信じる道……」

横から白いすべすべの手が伸びてきて、テーブルの上の空になった皿を持ちあげた。ウェイトレスの彼女が、銀の盆を手にして立っていた。

「あのう……。申し訳ないんですけど、もうすぐ閉店時間なので……」

「え？　ああ、うん……」

携帯端末の時刻表示は二十時五十七分。そういえばここの閉店時間は二十一時だったっけか……。

ここを出たら、ほんとどうしよう……。ＳＷＯＲＤを飛びだしたことで、あたしという人間の行動原理は、ことごとく喪《うしな》われてしまった……。

知らなかった。あたしっていう人間の価値なんて、ＳＷＯＲＤ訓練生でなくなることで、あっさり原価割れしちゃうもんだったんだ。

あたしの取り柄は？　誇れるものは？　信じるものは？　――そんなもの、ひとつだってありはしない……。

とにかく、ここにいちゃ、彼女の迷惑になる。折り畳んだ携帯端末をブルゾンの内側に挿して、席からお尻を持ちあげて、バックパックを片方の肩に投げかけた――その瞬間だった。

いきなり胸元が振動しだしたので、あたしの心臓が喉《のど》までせりあがった。携帯端末がバイブレートし、電話の着信を知らせているのだった。

えっ……もしかすると、パパ？　それとも……レオン教官？

小型液晶ディスプレイに表示される番号表示を確認するのももどかしく、無我夢中で通話ボタンを押した。通知者のバストショットが三次元ホログラフィで立ちのぼるかと思いきや、「Sorry, no image」のメッセージがディスプレイに描かれた。

コインが落ちる音が聞こえた。はぁはぁと、乱れた息遣い。

『あ……あんただろ？　俺《おれ》のことを嗅《か》ぎまわってたってのは』

電波に歪《ゆが》んだ、妙なアクセントの声。

な……なに？　なんなの、いったい？　誰なの、この男は？

背景の音から少しでも多くの情報を拾おうとする。けど、ノイズが邪魔をして、男の声そのものが聞こえにくい。

『お、俺《おれ》はむざむざとタナカを売ってしまった……だまされてたんだ、俺も、タナカも！』

「は……はぁ？　タナカ……？」

『あんた、ルイ中尉の——いや、今では少佐だったか——娘なんだろ？　だったらオヤジさんの仇《かたき》を討ちたいはずだ。俺はあんたに提供してやれるぜ、《見えざる焔《インビジブル・インフエルノ》》についての情報を』

「……！」

たっぷり数秒、あたしは呼吸を停止していた。あるいは心臓も一瞬ぐらい止まっていたかもしれない。

――あんたじゃ私の焔《ほのお》を消せやしないさ、ベクシル――

記憶の海辺に押し寄せる波濤《はとう》が、なだれをうってあたしに降りかかってくる。

『１０５号線、ロサンゼルス国際空港《LAX》からセンチュリー・フリーウェイに入り、約十キロ。そこにカテドラルっていうダイナーがある。二十二時にそこに来い』

「えっ、ちょっと――」

ぶつり、と耳に痛い音を残し、通話は一方的に打ち切られた。

「……」

ばくばくうるさい心臓を手のひらで押さえつける。

ディスプレイに描かれる「通話時間：39秒」の表示を見つめながら、視野が急速に狭まり、激しい耳鳴りが兆《きざ》すのを感じていた。

# 22

１１０号線をひたすら南下し、１０５号線を西へ向かった。

とちゅう、十分ほどのにわか雨に遭った。空の底が抜けたかと思うぐらいのどしゃ降りだった。防水加工のつなぎを着てたのでずぶ濡《ぬ》れはまぬがれたものの、路面のコンディションが悪化したので、大幅にスピードを落として運転した。

電話の人間から指示されたのとはまるでちがうルートをたどったけど、目的のダイナーは問題なく見つかった。

ダイナー手前の駐車場はクジラみたいなコンテナを背負ったトラックが多く目に付いた。店の屋根には、きらびやかなネオン管で「Cathedral」「welcome」と綴《つづ》られていた。

自動ドアをくぐると、カウベルがからんと鳴った。なんか、外装だけでなく内装まで、一九八〇年代のB級映画から抜けだしてきたような、今どきめずらしいレトロなスタイルのダイナーだった。木製のカウンター席にはスツールが十脚ちょい並べられ、テーブル席は全部で六つ。店の隅には派手な電飾に飾られたジュークボックスが鎮座し、古めのブリティッシュロックをがなり立てている。客の入りは六分《ろくぶ》ていど。ボーイが笑顔で近づいてきた。

「一名様ですか？　カウンター席でよろしいですか？」

「あ、その……」

えっと……どうすればいいの？　あたし、相手の顔を知らないわけだし……。こうやって突っ立ってても、あの電話の主らしい人物は近づいてこないし、手招きするなりサインを送るなりしてくる人もいないし……。

「待ち合わせなの。あとひとり来るんで……」

席は……停《と》めたバイクが見張れる窓際のテーブル席がいいだろう。ボーイにチップを握らせ、コーヒーを注文した。

えっと、現在時刻は……っと。あたしの携帯端末によれば、二十二時三分。雨のせいで少しばかり遅刻してしまったみたい。まさかとは思うけど、この程度の遅刻で、向こうが怒って帰ってしまったとか、そんなオチはないよね……？

運ばれてきたコーヒーにミルクを注いだ。スプーンを突っこみ、意味もなくぐるぐるかき混ぜ、茶褐色の渦を作る。

いったいなにやってんだろう、あたし。電話一本でほいほいと誘いだされ、こんなところまで来て……。これじゃ、キャッチセールスに引っかかる頭の悪い女と大差ないじゃん。

でも、電話の声は確かに口にしたんだ。《見えざる焔《インビジブル・インフエルノ》》の名を……。

──あんたじゃ私の焔《ほのお》を消せやしないさ、ベクシル──

「……！」

頭がもげてしまいそうなほどに首を左右に振る。耳から血が噴きだしそうな思いだった。

「よう」

対面になるシートに人影が滑りこんできて、あたしは驚愕《きょうがく》のあまり、スプーンを取り落としていた。金属の跳ねる音。茶色い飛沫《ひまつ》がテーブルを汚す。

「あ、あんた……！」

そう、その男は——あたしがシビックセンター駅近くのカフェで会話を盗み聞きし、CSIヴァン襲撃に一枚噛《か》み、そのあと《スミスの家《Smith's home》》であたしたちの前に現れた——すべての事件の発端となった、あの無国籍人間《ターミナル・マン》だったのだ！

「ど、どういうこと……？　な、なんであんたが、ここに……」

「おかしなことを言うやつだな。俺《おれ》があんたを呼びだした場所がここじゃないか。あんただってそのつもりでやってきたんじゃねえのかよ？」

「……」

彼を最後に見かけたのは、三日前……いや、四日前か？《スミスの家《Smith's home》》で見かけたときに比べて、ひどくやつれてる。髪は油ぎって、ろくに櫛《くし》も通されてないみたいだし、目の下をくっきりと隈《くま》が縁取ってる。頰《ほお》も肉が削《そ》げ落ちて、眼球だけがぎらぎらと光を放っていた。

彼は手を挙げてボーイを呼び、ホットココアを注文した。それからコートのポケットに手を突っこんで、潰《つぶ》れたタバコの箱を取りだした。あたしに断りもせず、口にくわえたタバコの先端をオイルライターの火柱で炙《あぶ》り、紫煙を吸いこむ。

「……なんかあったのか？」

「……え？」

「いや。なんかあんた、目に見えて負のオーラしょってるからさ。最初なんか、よっぽど声をかけるのをためらったぐらいだぜ」

「そ……そんなことない。ただ、ちょっと疲れてるだけよ」

「だったらいいんだがな。しっかりしてくれよ、大将」

そういや、レオン教官にも言われたっけ。『きみはポーカーには向かない性格のようだな』

だったっけ。昔っからそう。あたし、感情がそのまま顔に出ちゃうんだよね。

……って、なんでレオン教官のことを思いだすんだ、あたしは。自分で自分がイヤになる。

なんでよ？　なんでこうも、あいつの姿がまぶたの裏にちらついて離れないの……？

「んじゃまあ、自己紹介といこうか。俺《おれ》は、タスク・オノデラ」

「え、あっと、あたしは……」

「知ってる。SWORD訓練生のベクシルだろ？　認識番号はAX773261」

オノデラはどろりと血走った目であたしを見て、口の両端をつりあげた。

「……信じられない。どうやって調べたの？　あたしの身分は政府機密事項だってのに……」

「あんたという個人には、比較的早く行き着いた。ってのも、あんたがふたつのボロを出したせいだ」

「ボロ？」

「おやおや、自覚がないのか」

オノデラは、しゃっくりを連発させているような、実に耳障りな声で笑った。

「シビックセンターのシアトル系カフェで、俺《おれ》の忘れ物を着服したときだ。あんた、IDを店員にメモさせただろう?」

「でも、あれをたどったところで、ニセの身元にしか行き着かないはずじゃ――」

「『202』だよ」

「は?」

「ワシントンの市外局番だ。あのIDから身元を照会したところ、あんたの住所といい、あんたの緊急連絡先といい、あんたが通ってることになってる職業訓練校といい――そのほとんどが不自然に『202』ではじまる番号ばかりになってた。それがまずひとつめ」

「あ……」

政府の機密関係に従事する人間が身分を隠匿《いんとく》したりする場合、その人物には、住所、学校、会社、電話番号――ほとんど例外なく、アメリカ合衆国の首都、ワシントンDCに実在するものがあてがわれる。政府が直接管理下におき、他人に不審の念を抱かせないようにするための措置だ。SWORD訓練生もまた、例外ではなかった。

でも、そのシステムにも見直しが必要かも。だってワシントンDC在住の学生が、行楽シーズンでもない六月にカリフォルニア州L A《ロサンゼルス》にいることじたい変だもんね。

「そして、ふたつめのボロ。マクシミリアンだ」

「マクシミリアン……？　マクシミリアン・グループ？」

頭の底によどんでいたものがうごめく気配がした。なんか、ずいぶん久しぶりに聞く名前のような気がした。

「あんた、こっそり社内のＰＣをいじって、社員リストの一部——無国籍人間《ターミナル・マン》のぶんをプリントアウトしようとしただろう？　あんたのおイタが残らず監視カメラに収まってたぜ。おまけにパスワード入力の履歴に、『５６１Ｓ．４ＺＰ』と打ちこまれてた。『風と共に去りぬ《Gone with the Wind》』のしおりに書かれていた暗号だ」

「あっ……」

喉《のど》から意地の悪い笑い声をほとばらせるオノデラに、あたしはただ唇を噛《か》み、沈黙するほかなかった。

「政府関係の人間とおぼしき偽りの身元、ＳＷＯＲＤから出向してきた訓練生がマクシミリアンの社内で起こした不審な動き。一＋一で、あんたの身元と目的は割れた」

オノデラはぷかりとうまそうに煙を吐きだし、灰皿の縁を叩《たた》いて吸い殻を落とした。

「でも、あんたも、ファイルケースの中身からよく暗号を見破ったもんだ。《スミスの家《Smith's home》》まで見つけて、『アルドーニョ号』にまでたどりつくなんて。いやはや、掛け値なしにたいしたもんだよ」

それは——あたしひとりの力じゃなくて、あいつの力を借りたから——。

またしても、ひとりの男性の顔がまぶたの裏にちらつく。って、ダメダメっ！　あたしはかぶりを振って、イメージを頭から振り落とした。

　そこで、盆を手にしたボーイが来て、オノデラの目の前にホットココアを置いた。オノデラがチップを握らせると、ボーイはテーブルを離れた。

「CSIのヴァン襲撃事件では、あんたはどんな役割を担《にな》ったの？」

「ん？　ああ、そっちはタナカの話とはまた別件だ。俺《おれ》はな、いわゆる業界ゴロだ。複数の組織、複数の雇い主のあいだを綱渡りしてる。今んとこの雇い主はふたつ。でも、いろいろ微妙なんだよな……そのふたつの組織が太いパイプでつながってたりするもんだから。あのCSIヴァン襲撃じゃ、俺同様に《見えざる焔《インビジブル・インフェルノ》》も駆りだされたりした」

「……じゃ、こういうこと？　あたしがはじめてあんたを見かけた日、あんたのやったことは、CSIのヴァンがあのカフェの前を通りかかる瞬間にクライスラーをぶつけて足止めし、ワゴンの実働部隊が運転手らを殺してドラッグを略奪するあいだに車外へ出て、野次馬に溶けこむ。ワゴンが去るのと同時に、《見えざる焔《インビジブル・インフェルノ》》お手製の爆弾をリモートコントローラーで起爆させ、証拠物件を丸ごと吹っ飛ばす……」

　オノデラはひゅうと口笛を鳴らした。

「大正解だ。まるで現場を見てたみてえだ——ってか、見てたんだっけ、あんた」

「あんたの雇い主のひとつはマクシミリアン・グループなの？」

「そう。んでタナカは、ベリサリオ海運って企業に雇われてた」

「タナカ……？　タナカって、クニオ・タナカのこと？」

「当たり前だろ、他に誰がいるってんだ？　──順を追って話す。まず、タナカはなにも知らない。あいつはだまされてたんだ」

「いや、だからさ、ちょっと待ってよ。ぜんぜん順を追ってないじゃん。タナカはあんたの仲間ってこと？　あいつは今どこにいるわけ？」

「……なんだって？」

「そういやあんた、さっき『アルドーニョ号』の名前も口に出してたよね？　ってことは、タナカはやっぱりシロじゃなかったってこと？」

「……」

「……」

　オノデラのくわえたタバコから、灰のかけらがぽとりと落ちた。

「……どうにも話が嚙《か》みあわないと思った。俺とあんたの意思の疎通を阻害してる大きな要因があるようだな」

「今ごろ気づいたの？　あたしとしちゃ、どこの誰とも知らない人間からいきなり電話がかかってきて、俺はタナカを売っただの、《見えざる焔《インビジブル・インフェルノ》》がどうだのってまくしたてられて……。さっぱり話が見えないっての」

オノデラはふうっと煙を上に吹きあげ、コートの内ポケットから携帯端末を取りだした。ペンタブレットで液晶をいじり、あたしに向けてさしだしてくる。
いくつかのニュースグループが表示されていた。トピックのひとつに視線が吸いつけられる。『監視用ロボット、また謎《なぞ》の暴走――無国籍人間《ターミナル・マン》一名が撲殺《ぼくさつ》さる　午後十九時四十分更新
――ロイター通信社』
「こ、これって……?」
「ほらよ」
ペンタブレットがそのトピックをタッチした。新しいウィンドウが開く。
『カリフォルニア州で相次いでいるロボットの暴走事件が、またも勃発《ぼっぱつ》した。ウエストハリウッドのグレイストーン公園内にて、公共施設監視用ロボット『スフィンクス』が暴走し、同公園内に居合わせた無国籍人間《ターミナル・マン》のクニオ・タナカ（39）が『スフィンクス』に殴打されて頸骨《けいこつ》を折り、病院に搬送されたがまもなく死亡した。暴走の原因は専門家らによって調査中だが、『スフィンクス』を開発・設計したロボットメーカーの雄・グランディオス社の広報部によれば、『スフィンクス』には戦闘プログラミングじたい組みこまれておらず、このような誤作動はありえないとのこと。グランディオス社はごく最近にも『グリフォン』や『マンティコア』といった新型モデルのロボットが暴走し、対応に追われているさなかだった。明日以降の反ロボット協会《人類同盟》の声明が待たれるところである――』

驚きの津波があたしをさらいこんだ。タナカが……死んだ？　あれから数時間しか経ってないってのに……？

「いちいち断るまでもないと思うが、それは事故なんかじゃないぜ。意図的な殺人だ」

オノデラは携帯端末を引っこめ、無造作にコートのポケットに突っこんだ。

「……タナカがだまされてたってのは、どういうこと？」

「無国籍人間《ターミナル・マン》にはな、無国籍人間《ターミナル・マン》どうしのネットワークがあるんだよ。今回のヤマはそこ経由で来た話だったんだが、俺《おれ》もタナカも裏切られたんだ」

「ネットワークっていうと……ビジネスライクな互助集団？」

「……とはおよそかけ離れた、犯罪シンジケートまがいのものさ。さっき俺が言った『ふたつの雇い主』の片方の正体はそれだよ。それとマクシミリアン・グループがつながってるってこった。――あんた、『ダイワ』って会社を知ってるか？」

「『ダイワ』……？」

はじめて聞く名って気はしない。ロボット工学論だかなんだかの講義で、そんな名前が出てきたような、出てこなかったような……。

「日本の最大手ロボットメーカーの名前だよ。そこのロボット開発研究部の中枢《ちゆうすう》にいたとある研究者が、日本でハイテク鎖国がはじまる寸前、ブラジルへ亡命した。アンドロイド、寿命延長効果パーツなど、国連の協定によって禁止された技術を根こそぎ盗んで、だ。奴《やつ》はその後、裏で禁忌の技術を小出しに売りさばきはじめた。それも、目の玉が飛び出るほどの高額でだ。マクシミリアン・グループはその技術を一括して購入し、ＬＡ《ロサンゼルス》に密輸しようとしていた」

「密輸……ってことは、『アルドーニョ号』を使って？」

「そういうこった。マクシミリアンは、グループ全体として無国籍人間《ターミナル・マン》を積極的に登用するなどして、俺《おれ》の所属するシンジケートに強いコネクションを持っていた。そのシンジケート所属員であるタナカを使い、ベリサリオ海運をあいだにはさませた。そして、マクシミリアン・グループは俺の口から、運び人の仕事をタナカに紹介させた。タナカはギャンブル狂いで、常に赤貧にあえいでいるろくでなしだ。すぐに飛びついてきた。タナカは体にメスを入れられ、禁制の技術が収められたマイクロチップを埋めこまれた……」

「あ……！」

なるほど、そういうことか――『アルドーニョ号』臨検のさい、ＣＳＩチームに見せてもらった、タナカのX線写真。右肩に見えた白い影。銃弾の破片とかって言ってたけど、その実、あれは偽装されたマイクロチップだったんだ……！

あのときには、マクシミリアン・グループの存在そのものが捜査の圏外に出てしまってたし、連中は二百キロものドラッグを強奪しているしで、あたしたちはまるっきり的はずれな推測をしてしまっていたんだ。

マクシミリアン・グループと、《見えざる焔《インビジブル・インフェルノ》》と。それらをもっと密接に結びつけて考えることができれば、もう少しちがった対処もできたかもしれないのに……。

「けどまあ、麗しい友情もあったものね。友人を人身御供《ひとみごくう》にさしだすなんて」

「おい、そりゃ断固として否定するぞ。俺みたいなヤクザ者にも最低限のプライドってもんがある。タナカはな、俺が渡米した当初からのダチで、もう十年以上もつきあってる仲だ。なにがあったって、あいつを裏切ったりするもんか！　最初聞いた話じゃ、運び屋は口封じのために殺されるなんてことにはなってなかった。なのに……連中はマイクロチップを摘出したあと、タナカを消しやがった！　仁義にもとることを、あいつらは平気でやったんだ！」

　オノデラのくわえたタバコがぷつりとかみ切られた。

「へえ、そう……」

「なんだよ、気のない反応だな」

「そう言われてもねぇ……。ご愁傷様とでも言ってほしいわけ？」

「……まあ、いい。俺の所属するシンジケートとマクシミリアン・グループの両方を告発できるだけの証拠が、ここにある」

「えっ……？」

　オノデラはふてぶてしく笑うと、灰皿と食器を脇《わき》にのけた。屈《かが》みこんで足元からアタッシェケースを持ちあげ、テーブルの上に載せた。ぱちんと留め金をはずす。かぱっと蓋《ふた》を開けてから、くるっと半回転させる。

「こいつがマイクロチップの中身だ」

ケースのなかには、大判サイズのプリントアウトの束がぎっしりと詰まっていた。ロボットの設計図、細かな仕様書、マニュアル……。これが、あの悪の枢軸《すうじく》・日本から流出した禁忌の技術……。

「どうやってこれを盗みだしたの？」

「こいつはコピーだよ。スキを見てデジタルカメラに画像を収めたものを、原寸大で印刷した。オリジナルは、マクシミリアン・グループのロボット開発部門の責任者、ロバート・ブラウン博士の手にある。タナカ抹殺《まっさつ》の命令を出したのも、奴《やつ》だ」

ロバート・ブラウン博士……。確か、博士はもうひとりいたような。シュルツ博士だっけ？　どっちがどっちだか忘れちゃった。ま、ふたりとも温厚で無害そうな人に思えたけど、人は必ずしも見かけどおりじゃないってか。

「マクシミリアン・グループの悪事は密輸の件だけじゃない。最近、ＬＡ《ロサンゼルス》で頻発している、ロボットの暴走事故。あれにもマクシミリアン・グループは関与してる。あそこのロボット開発部の連中は、保安部の手も借りて、公共施設のロボットを捕獲し、思考回路にさまざまな特殊な条件づけを与えた。戦闘用じゃないロボットについては、簡易的な戦闘プログラムを焼きこんだりもした。そして元の場所へと戻していた」

「ええっ？　なんで、そんなことを？」

「目的はふたつ。ひとつは、単純に純粋な実験のため。もうひとつは、他社製のロボットの評判をおとしめるため。調べてみればすぐにわかる。これまで暴走を起こしたロボットは、マクシミリアン社製のものは一体たりとも含まれてないってことがな。バグのない優秀なロボットを生産する会社——そういう看板を手に入れ、民間における自社ロボのシェアを増やそうと画策していたわけだ」

オノデラはそこでいったん息をついた。もう一本タバコを取りだし、唇の上下にはさんで火をつけた。

「ブラウン博士にしろ、シュルツ博士にしろ、マクシミリアン・グループのロボット開発部の人間は、日本的な思想を持っている。すなわち、ロボットこそは進化しつづける神であり、人間はすすんでロボットに支配されるべきだってな。日本から流出した技術が南米経由で取引されていると聞き、博士らはたちまち食指を動かした。それで、犯罪シンジケートに相談を持ちかけ、こういう方法での密輸が立案されたってわけだな。ブラウンやシュルツのタヌキじじいどもめ、将来的にはなにをするかわかったもんじゃないが、今んとこはバレない範囲で日本の技術を応用した、ローコスト・ハイスペックのロボットを量産し、世界におけるロボット産業のトップに立とうとしてるってとこか」

「バレない範囲ったって……。《人類同盟》とか、反ロボット団体の活動もさかんだし、ロボット会社には定期的に国連の査察団が入る決まりじゃんか。暴きだされるのは時間の問題じゃないの？」

ニコチンの作用で恍惚《こうこつ》とした目が、あたしを映す。

「さあ、果たしてどうだろうな。十年後——いや、ほんの五年後には、日本の技術が合法となっているかもしれねえぜ？　ロボット技術の進歩は、もはや歯止めが利きやしない。きれいごとでいつまでも首根っこを押さえつけることができるもんじゃねえさ。俺《おれ》はそう思うがね」

ふうん、そっか。それだけ飛ぶように売れてるってことか——日本の禁忌の技術が。

「ためしにマクシミリアン・グループを会計監査してみることをお薦めするね。きっとなにか見つかるぜ。どっかで百万ドルほどの金が消えてるなんてことがあるかもしれない。そいつをたどっていくと、そのうちの大部分は、あんたが聞いたこともない議員の懐とか、正体不明のシンジケートに流れこんでるはずだぜ」

謎《なぞ》が、有機的に連結していく。一本の線に。はじまりと終わりがつながって、円形に。

オノデラはアタッシェケースの蓋《ふた》を閉じ、留め金をかけた。

「さて、と。次はあんたにとってお待ちかねの、《見えざる焰《インビジブル・インフエルノ》》の情報だな」

「……あのさ」

「どうした？」

「そうやって秘密を惜しげもなくいろいろ開陳してくれちゃってるけど……いったいどういうつもりなの？」

　ごくごく素朴な疑問を投げたつもりだったけど、オノデラは大いに鼻白んだようだった。

「おいおい……そりゃないだろう。ここまで来て、つまらん駆け引きはやめにしようや」

「いや、だから……。駆け引きとか、そんなんじゃなくて……」

　目の前が陰った。オノデラがいきなりテーブルの上に身を乗りだし、アタッシェケースをばんと両手で押さえつけたのだ。

「そうかよ、そんなに俺《おれ》の口から言わせたいんなら、望みどおりにしてやる！　俺と俺の家族に証人保護プログラムを適用するようはからってくれ。今すぐに、この場で！　俺と家族の安全さえ保証されれば、すぐにでも《見えざる焔《インビジブル・インフェルノ》》の正体を教えてやるぜ！」

「え、あっ、え……？」

　思考がいっぺんに飽和してしまった。熱で頭がぼうっとしているときのような、目の前のできごとと自分とが乖離《かいり》してるような、そんな感覚に襲われる。

「なんだよ、なにを迷うことがあるんだ？　ＳＷＯＲＤの上官に取り次いでもらえばいいだけの話じゃないか。これはコピーだから証拠としちゃちょっと弱いかもだが、なにより俺という証人がいる！　絶対に話を聞いてくれるはずだ！　――なんとか言えよ、おい！」

「あ……」

　そっか……そういうことか。遅すぎるぐらい遅すぎるけど、やっとわかった。こんな時間に、こんな僻地《へきち》に呼びだされた理由が。

オノデラは今や、マクシミリアン・グループや、そことつながりのある犯罪シンジケートに追われる身なんだ。そして、自分と家族の安全を確保するため、自分の持っている情報を最も高く買い取ってくれる人間を探した——それがあたしなんだ。手っ取り早く警察やＦＢＩに駆けこまなかったのは、おそらく前科があるからなんだろう。

でも……。

「その、なんて言っていいのか……。ごめん。あたし、あんたの望んでるものをあげることはできない」

あたしの言葉は、オノデラの瞳孔《どうこう》を拡大させた。

「な、なんだって？　そりゃ、どういう意味だ？」

「どういう意味って……その……それは……」

言葉が続かない。

「なんなんだよ、あんた！　ヤクが切れてて頭がまわんねえのか？　はっきりしろよ！」

「だ、だから……。あたしは、レオ……ＳＷＯＲＤにはもう帰れないっていうか……その……」

「は、はぁ？　もう帰れない？　なんだそりゃ、どういうことだ！」

「その……ごめん……」

「なにが『ごめん』だ！　ちゃんと説明しやがれ！」

「せ、説明ったって……。か、帰れないとしか言いようが……」

オノデラの顔がみるみる怒りの色に染まっていく。

「て……てめえ！　俺《おれ》がどれだけ危ない橋を渡ってここまで来たか、わかってんのか！　よくも、よくもだましやがったな！」

「べ、別にだましたつもりは……。っていうか、あんたが一方的に誤解を……。あのさ、とにかく落ちついて……」

「ざけんじゃねえぞ、こらっ！　これが落ちついていられるかってんだ！」

近隣のテーブルの多少の騒ぎには誰だってとりわけ注意を払わないものだけど、オノデラの激高《げきこう》はすさまじかった。いったい何事かと、店じゅうがあたしたちのテーブルに注目した。

衆人環視《しゅうじんかんし》のなか、あたしはただ、うなだれるしかなかった。

「だ、だったらどうなるんだ、《見えざる焔《インビジブル・インフェルノ》》の情報は！　お前っ、オヤジの仇《かたき》を……」

耳をつんざく破砕音がオノデラの言葉をもぎ取った。横殴りの光が目に飛びこんできた。ガラス窓に網目が走るや、破片の洪水と化し、あたしたちに降り注いできた。

「――――！」

体が勝手に野戦反応を起こし、あたしは通路に身を投げだしていた。

銃声のスタッカート。次の瞬間、あたしの目に飛びこんできたのは、アタッシェケースに手をついた姿勢のままの人影が、ぎくしゃくとでたらめなダンスを踊る姿だった。

重低音がとぎれると、オノデラは自分で自分の体を支えることを放棄し、アタッシェケースの上にどさりと突っ伏した。横倒しになった顔がこちらを向いている。

驚きの表情のまま、オノデラは完全に絶命していた。黒々とした穴が体のあちこちに穿《うが》たれ、トレンチコートはひきつれたようにあちこちで破れ、どろりと赤黒い液体を滴《したた》らせていた。半開きの唇から、ごぼごぼと赤い泡が垂れる。

ダイナーの駐車場に、アメリカンタイプのバイク・ローライダーが停《と》まり、まばゆいヘッドライトをあたしに向けていた。フルフェイスヘルメットにライダースーツ――黒一色のいでたち。

「……!」

あたしのなかの世界は、完全に停止した。

黒いグローブをはめた手がヘルメットのシールドを申し訳程度に上げた。

「残念だな、ベクシル。ユダは死んでしまった。言っただろう? あんたじゃ私の焔《ほのお》を消せやしないと」

「う、あ……」

漆黒《しっこく》の人影は撃ち尽くしたサブマシンガンをあっさり放棄し、両手でハンドルグリップをつかんだ。ウォルンと獣の咆哮《ほうこう》のごとくエンジンを唸《うな》らせ、車体を深く寝かせて最小限半径でのUターンを決める。そのまま105号線へと飛びだしていく。

店内は大混乱に陥っていた。サブマシンガンの乱射は、オノデラのみならず、店に居合わせた客をも巻きこんでいた。左右のテーブル席にいた客、合計五人中ふたりは頭を撃たれるなどして血だまりに沈んでいる。スツールに座っていた男がひとり、苦鳴をあげながら赤く濡《ぬ》れた脇腹《わきばら》を押さえ、ガラスの破片だらけとなった床を転げまわっている。

「あ、あ、あ……」

阿鼻《あび》叫喚《きょうかん》、血臭漂う惨劇の場と化した店内で、あたしは両腕で自分の体を抱きしめながら、ガチガチと歯を鳴らしていた。

——言っただろう？　あんたじゃ私の焔《ほのお》を消せやしないと——

《見えざる焔《インビジブル・インフエルノ》》の声が脳髄にこびりついたまま、えんえんとリフレインしてる。

「あああああ……！」

耳をがりがりひっかきむしってるあたしがいた。もういい——なんだっていい！　この耳が削《そ》げ落ちてしまったって！　鼓膜も破ってしまいたい！

ああ、誰か！　《見えざる焔《インビジブル・インフエルノ》》の言葉を、あたしのなかから消してっ……！

ふいに、すべての音が遠ざかり、心の奥底の深い井戸から声が響いてきた。

——自分の信じる道を貫きなさい——

——自分なりの決断をしろ——

パパの言葉。時間差を置いて、レオン教官の言葉。

——言っただろう？　あんたじゃ私の焔《ほのお》を消せやしないと——

顔面にばしんと衝撃。両頬《りょうほお》の肉が中央に寄せられる。あたしは思いきり両手で左右の頬をはたいていた。

「消せやしないかどうか、見せてやろうじゃんか……！」

そうだ——あたしはなにを甘えていた？「誰か」じゃない！　パパでも、レオン教官でもない！　あたしが刻みつけられた烙印《らくいん》は、あたし自身の手によってしか拭《ぬぐ》い去ることができないんだから……！

「待てっ！」

シートに踵《かかと》を乗せ、破られたガラス窓から外へ飛びだした。最短距離で自分のバイクに駆け寄り、飛び乗った。エンジンを最速で起動させる。

あたしはスロットルを全開にした。ポンプがガソリンを飲みこむ音。タイヤが猛烈なホイール・スピンを起こし、巨大な力で背中から蹴《け》飛ばされたようにダイナミックな加速に移っていた。

# 23

奴《やつ》は１０５号線を西へ——ロサンゼルス国際空港《LAX》方面へ逃走した。脇目《わきめ》もふらずに追いすがる。

マシンは荒涼たる田園地帯をロケットのように驀進《ばくしん》していた。右へ左へとヘッドを振り、先行車両を次々に追い抜く。

さっきのにわか雨の影響で、路面は水気を含み、高速走行にはおよそ適さないコンディションだ。けど、なりふりかまってなんかいられるか！　片側二車線の道をフルに使い、追いあげていく。

もう迷いは吹っ切った！　《見えざる焔《インビジブル・インフェルノ》》を捕まえる——ここにいるあたしはただ、それだけに特化した人間であればいい！　それ以上もそれ以下もないっ！

『警告：制限速度を七十キロオーバー。減点五。すみやかにスピードを落としてください——』

警告メッセージの濁流が風防《キャノピー》スクリーンを埋めつくしている。

あたしは今や、アドレナリンが熱く燃えさかる肉体だけの存在だった。マシンの性能を極限まで引きだそうとする、メカニズムの一部としての理性だけしか残っていなかった。

ローライダーは最低1000ccは積んでると見た。こないだのチェイス同様、排気量では相手に一日の長がある。このまま直線レースが続くようなら、いずれ振り切られてしまうっ……！

スピードは約百四十キロを保っている。風が唸《うな》り、夜気がおののきながら流れ去る。エンジンの雄叫《おたけ》びが、あたしの内心の咆哮《ほうこう》と、わかちがたく混ざりあっていた。

約二キロほど追走劇が続いたあとで、《見えざる焔《インビジブル・インフエルノ》》が急速にスピードを減じた。ウィンカーを出さず、優美なリーン・インのフォームで右へと曲がる。あたしも車体をがっちり踵《かかと》でホールドしてブレーキをかけ、外側に膨らみながらもリーン・ウィズの体勢で角を曲がりきった。

道はうねうねと蛇行《だこう》しながら森のなかを北へと延びていた。二車線の道は、先行車線、対向車線ともに、車影ひとつない。がら空《す》きの道だった。ナトリウム灯が等間隔で立てられ、路面を照らしている。

105号線から逸《そ》れたので、風防《キャノピー》スクリーンの周辺マップが更新される。このまま進むとイングルウッドに出る。LA《ロサンゼルス》ではサウスセントラル、コンプトンとならんで治安の悪い地域だ。

S字コーナーの連続。最初のコーナーはスロットルの開け方を制限する。車線のまんなかぐらいまで膨らむ。そのポジションなら、次のコーナーが左右どっちでも、余裕をもって対処できる。右コーナーのアウト側に車線半分だけマシンを移動させる。すぐにバイクを深くリーンさせず、そのままアウト側を走る。タイミングを見計らい、少しずつコーナーのイン側へとバイクを寄せていく。コーナーの直線と立ちあがりを視認した瞬間に、バイクをリーンさせる。クリッピングポイントでは、次のコーナーの出口を確認し、ライン取りを決める。

そうこうしているうち、逃げ去るローライダーのテールランプをヘッドライトに捉《とら》えた。

よし……いけるぞ、いけるっ！　馬力にものを言わせての直線レースではあたしが不利だけど、ライディングテクでは確実にあたしに分《ぶ》があるっ……！

走っているうち、一般道を走っているという感覚はだんだん蒸発していった。アウト・ミドル・ミドルとコーナーを選んでいたのが、サーキット・スタイルのアウト・イン・アウトになっていた。

彼我《ひが》の差はじょじょに縮まっていった。

S字カーブの道がとぎれた。左右の景色が、大きな建物に変わる。工場区画に入ったのだ。三ブロック直進。直線に出たので、少し距離をあけられた。ヘッドライトの光の輪からローライダーのテールランプがはずれてしまう。

と、ローライダーがウィンカーを出さずに一般道をはずれ、斜めに進路を変えた。

視界が上下にぶれる。路面の舗装《ほそう》がとぎれ、砂利道に変わったのだ。あわてて速度を落とす。シートから腰を浮かせてステップの上に直立し、軽くハンドルバーを握る。オフロードでのライディング・ポジションだ。

またも路面の感触が変わった。濡《ぬ》れた草原に出たのだ。湿った草の上ではタイヤの路面把握力は落ちてしまう。あたしは方位を定めることができなくなり、横滑りしそうになった。

「っ……！」

危ういところで砂利を敷き詰めた小道に乗り、どうにか体勢を起こした。タイヤがみしみしと小石を踏みしだいていく。

先行するテールランプは、死んだ貝のように大きく開かれたままの工場の門へと吸いこまれていった。

あたしもそれを追い、工場の敷地内へとマシンを向けた。速度は六十キロ程度にまで絞りこまれていた。タイヤの下の感触がアスファルトのそれに変わる。

そこは、すでに操業を停止している廃工場のようだった。《見えざる焔《インビジブル・インフェルノ》》に続き、前庭を抜ける。路面に明かりを投げかけるナトリウム灯もなく、左右の大きな建造物はあたかも切り立つ崖《がけ》のようだった。

あたしは急激に減速し、ストップした。先行する《見えざる焔《インビジブル・インフェルノ》》が鮮やかなスピンターンを決めて、あたしにヘッドライトを向けたのだ。

ここは――工場の中庭かな？　だだっ広いとこに出たけど……。

すさまじい白光があたしを包み、光の洪水に目が眩《くら》んだ。あたしは手をかざして目を細めた。あたしを半円状に取り囲むようにして、人型の鋼《はがね》がうずくまっていた。頭頂部の真上にとりつけられたライトがビーム状の光を延ばし、スポットライトみたいにあたしを照らしだしていた。

あたしを取り囲んでいるロボットには見覚えがあった。あ、あれは……マクシミリアンの新型戦闘ロボット、「タイタニア２１００」だ！

ファイタースーツをまとったあたしと五分《ごぶ》以上に渡りあったあの恐るべき戦闘マシーンが、三、四、五……十体！

しかも今度は徒手空拳《としゅくうけん》じゃない――おのおの、バカでかいライフルやらミサイルランチャーやら火炎放射器やらバルカン砲などで武装してる！

自分の愚かさかげんを呪《のろ》うしかなかった。あたしは《見えざる焔《インビジブル・インフェルノ》》を追いつめたつもりでいたけど、まるで逆だった！　あたしはまんまとワナにはめられ、ここまでおびき寄せられたんだ……！

《見えざる焔《インビジブル・インフェルノ》》は、右手で架空の銃を作り、あたしめがけて、バーン！　と撃つまねをした。

それが、あたしの頭上にかざされたギロチンの紐《ひも》をひっぱる合図だった。

タイアニア２１００のカメラアイが、一斉に赤く灯《とも》った。駆動音が連続し、それぞれが一斉に得物を構え、トリガーに太い指をかけた。

あたしはあわててUターンし、猛然とマシンを駆り立てた。

まっすぐの道をジグザグに駆け戻る。背後から迫り来る轟音《ごうおん》。右へ左へ、噴きあげるコンクリートの砂塵《さじん》と火の粉のまっただ中を走り抜けた。

一瞬目が見えなくなり、路上にあいた小さな噴火口を乗り越えはしたものの、コントロールを失いそうになった。ニーアクション、ステアリング・アクションを駆使して、どうにか平衡《へいこう》を保つ。このまま直進すれば、出口に——。

「あっ……！」

ヘッドライトのなかにタイタニア2100のシルエットが三体映りこみ、口から心臓が飛びだしそうになった。入り口の門をふさぐようにして佇立《ちょりつ》し、それぞれごついショットガンを手にし、その砲口をあたしに向けている！

強引に斜めに曲がり、横道へ逸《そ》れた。爆音があたしの聴覚を痺《しび》れさせる。バックミラーにタイタニア2100の姿が複数映りこむ。右の地面で砲弾が弾ける。コンクリートと泥のしぶきにあおられながら、マシンのバランスを保つ。

必死の思いで次の角に飛びこむ。九十キロでの突入。RGバランサに負荷を強いながらどうにか体勢を保ち、アウトに膨らんで曲がりきった。背中で轟音。バックミラーに毒々しい火炎の花弁が咲き誇る。

直線に入った。砲撃、火線の雨があたしの周囲で炸裂《さくれつ》する。七十メートル先に曲がり角。もし袋小路だったらアウトだ。最速のコーナリングが望めるリーン・インの体勢になり、祈るような思いで曲がる。遠心力をねじ伏せる。

「っ！」

十メートルもない距離なき距離に、タイタニア2100が二体！　ランチャー、バズーカ砲を肩に担《かつ》ぎ、引き金に指を通している！

なかば本能的に、あたしは脳に焼きこまれた野戦反応ブースターをキックしていた。

空間認識域が拡張される。脳内で処理される電子量、情報交換速度が飛躍的に向上する。思考が高速回転し、引き延ばされた一秒の合間にあらゆる事象を読み取る。鼓膜を震わせつづけている巨大な音のかたまりが、さまざまな要素に分離される。エンジン音、排気音、タイヤが路面を巻きこむ音、タイタニア2100の駆動音、あたし自身の鼓動……。

正面から突撃した。砲撃の軌道を予測し、回避するための道筋がノータイムではじきだされる。瞬間的に複雑なステアリング・アクションをこなし、細すぎる穴に糸を通すかのような精度で、立ちふさがる二体のすきまを通り抜けた。一瞬遅れてうしろで落雷のような爆音が響きわたる。

ファイタースーツの脳波増幅器が機能していない状態での簡易催眠のキックは、あたしの脳に極度の消耗を強いる、非常に危険な行為だった。たとえこの死地を逃れることができたとしても、あたしの脳には生涯消えぬ障害が残るかもしれない。けど、この禁じ手を使うよりほかに、あたしに生き延びる道はなかった。

光を避け、陰を縫い、タイタニア2100の攻撃をかいくぐって走る。角から角へ飛びこんで、間一髪で火線、砲撃、銃弾をやりすごす。彼方《かなた》で火柱があがり、多少遅れて爆発音があがる。やっぱ光は音より速いんだな——なんて場ちがいな考えが浮かぶ。

耳を聾《ろう》する爆音と熱気、圧力波。

工場の敷地から外に通じるいくつかの門は、ことごとくタイタニア2100によってがっちり固められていた。なんとかおびき出してバイクの通れるすきまを作ろうとしたが、陽動に乗ってくれなかった。

工場内の建造物はしだいに紅蓮《ぐれん》の焔《ほのお》に包まれていった。火柱が闇《やみ》を刺し貫いてそそり立ち、上空を赫々《あかあか》と焦がした。地面はえぐれ、クレーターだらけとなっていった。

——そうして、出口のない死の迷宮をいったい何巡しただろう。

頭の芯が焼けつくように熱く、視野が赤く眩《くら》んでいた。まるで脳みそがポタージュみたいに溶けていくような感覚だった。間断ない爆音のせいで、とっくに耳もいかれていた。

マシンまでがあたしに叛乱《はんらん》を起こした。マフラーがおかしな音を立てはじめた。風防《キャノピー》モニターがアラームを鳴らし、エンジントラブルを知らせた。サスペンションにも異常が発生していた。左側のバックミラーもちぎれ飛んでいた。燃料メーターは刻々とEに近づいている。

「はぁ、はぁ、はぁっ……」

　あたしは光の放列を浴びながら、中央広場で——ローライダーにまたがった《見えざる焔《インビジブル・インフェルノ》》の目の前で——マシンを停《と》めた。

　前後左右、すべての方角を、鋼《はがね》の人形らによってふさがれていた。

　煙がわきあがり、炎が渦を巻いていた。まばゆい火の粉が下から上へと駆けあがり、空が赤黒く染まっていた。

　工場内は建造物から道から爆炎に抉《えぐ》られ、まるで臓腑《ぞうふ》をさらけだした動物の骸《むくろ》めいてむごいありさまになっていた。

　無数の赤い光点があたしの体を射抜く。無数の砲門があたしに向けられてる。

　脈拍は百八十を超えている。全身を冷たい汗が濡《ぬ》らしていた。頭のなかがひたすら熱く、重たい。まぶたに映るものが二重、三重にぶれて見えた。

　死神の手に肩を叩《たた》かれた気がした。

「……あははは」

　いったいなにやってんだか、あたしは。

　ＳＷＯＲＤを飛びだし、ひとりでやみくもに突っ走って、そのあげくがこのざまか。

　けっきょくあたしは、ひとりじゃなにもできないってことを証明しただけじゃんか。

　大事な証人のオノデラまで、むざむざと消されてしまった。他の誰のせいでもない。すべて、あたし自身が招いたことだ。

ごめんね、パパ。あたしは、パパが誇りとするようなSWORD隊員にはなれなかったよ。最後の賭《かけ》のつもりで、《見えざる焔《インビジブル・インフェルノ》》に戦いを挑んだけど……。ダメだった。あたしは、パパの仇《かたき》を討てなかった。

このまま孤独な死を迎えることが、こんなあたしにふさわしい幕切れのはずだよね……。

唇をぎゅっと内側にしまいこみ、体の底から自暴自棄な戦意をかき立てる。

エンジンを吹かし、まっしぐらに《見えざる焔《インビジブル・インフェルノ》》に向かって突貫しようとした——まさにその瞬間だった。

いきなりあたしに注がれる光の量がどっと増えた。

はっとなり、頭上をあおぐ。リモート・コントロール式の二個の大型サーチライトが工場を照射している。地上からわずか五十メートルしか離れていない低空を、二機のヘリコプターが飛んでいた。タービンの唸《うな》る音と、耳をどよもすローターの回転音。

あたしと《見えざる焔《インビジブル・インフェルノ》》、それにタイタニア2100が、蒼白《あおじろ》いサーチライトに照らされ、一連のストロボの映像のように閃《ひらめ》いた。

二機のヘリが生じさせる空気の乱流が襲いかかってくる。

機体の両脇腹《りょうわきばら》が開き、ロープが地上へ垂らされた。それを伝って、機械の甲冑《かっちゅう》に身を包んだ人間たちが懸垂《けんすい》下降で降りてきた。彼らは即座に散開し、肩にスリングで吊ったショットガンの銃口をタイタニア２１００に向けた。

「え、えっ……？」

降りてきたファイタースーツ姿のＳＷＯＲＤ隊員は十五人強。敵の射線をさえぎるようにあたしを中心に円陣を組み、タイタニア２１００に向けて斉射《せいしゃ》をはじめた。

何体かのタイタニア２１００が紫電を放ち、ごわっと爆裂する。残りのタイタニア２１００らは動揺したように後退をはじめる。ＳＷＯＲＤ隊員らは攻撃の手を緩めず、ロボット軍団をハチの巣にする。

《見えざる焔《インビジブル・インフェルノ》》は目に見えてうろたえた。とっさに遁走《とんそう》に移ろうと、マシンをぐるっと半回転させた、その刹那《せつな》。光源が真正面から《見えざる焔《インビジブル・インフェルノ》》を刺し貫いた。《見えざる焔《インビジブル・インフェルノ》》は泡を食ったようにマシンを急停止させる。

「あ……！」

あたしは驚きの声をあげていた。闇《やみ》を割ってその場に現れたのは――一台のハーレー・ダビッドソン！

「ベクシル！　大丈夫か！」

「レ、レオン教官……！」

理解が頭のなかに流れこんできて、胸が熱くなった。

ハーレー・ダビッドソンが轟音《ごうおん》を立てて驀進《ばくしん》した。追い立てられる形で、《見えざる焔《インビジブル・インフェルノ》》

もまた発進した。一陣の突風があたしの脇《わき》を吹きすぎていく。

「に、逃がすかっ……！」

あたしもバイクをスタートさせ、クラッチがつながりきったとこで目線を百八十度逆方向へ投げかけ、ハンドルが切れた瞬間にクラッチを握り——そこで目の前が溶暗した。バランスを崩し、マシンから投げだされる。

「！」

地面との熱烈なキスをまぬがれている自分に気づく——レオン教官の筋肉質の太い腕が、あたしを支えてくれていた。あたしの愛機はそのまま横倒しになり、それきりでおしゃかになった。エンジンは不規則に脈動し、マフラーからはボコボコという異音とともに真っ黒な煙が噴きあがっていた。

「俺《おれ》の背中につかまれ！《見えざる焔《インビジブル・インフェルノ》》を追うぞ！」

風よけゴーグルをはめた精悍《せいかん》な顔が、至近距離からあたしに向かって叫ぶ。

「えっ……？」

「グズグズしてると置いていくぞ！」

「わ……わかったっ！」

あたしがうしろからしがみつくと同時に、レオン教官はマシンを発進させた。

無意識のうちに、広い背中に頬《ほお》をこすりつけていた。

ああ……！　こんな盤石《ばんじゃく》の安心感に包まれるのって、いったいどれぐらいぶりだろう……！

正面入り口に佇立《ちょりつ》する三体のタイタニア2100は、一群となって向かってくるあたしたちを見て、あっさり道をゆずった。《見えざる焔《インビジブル・インフェルノ》》を巻きこんでまで攻撃しないようプログラミングされてるのだろう。

門を抜ける。あたしたちと《見えざる焔《インビジブル・インフェルノ》》と、それぞれのマシンはただ一台の乗り物であるかのような連繋を保ちながら、砂利道を駆けた。

濡《ぬ》れた草原の上を走り抜け、また砂利道へ出た。そこを抜け、直線道路へ合流する。《見えざる焔《インビジブル・インフェルノ》》との距離は約十五メートル弱。

《見えざる焔《インビジブル・インフェルノ》》はイングルウッドを北上する直線道路を逃走していく。

レオン教官はフルスロットルで一気にスピードアップした。

追いつ追われつ。抜きつ抜かれつ。壮絶なデッドヒートが続いた。

しかし、直線コースは五百メートルほどで終わり、四つ辻へ出た。ローライダーは曲がり角に突入する。レオン教官もそれを追ってコーナリングする。次のブロック。直線は百メートルと続かず。ローライダーはシャープにマシンを操り、角へ折れる。

マシンの馬力ではハーレーのほうが勝ってるし、レオン教官のライディングテクが《見えざる焔《インビジブル・インフェルノ》》に劣っているわけでもない。が、マシンが超大型タイプのうえ、腰には半死人のあたしをしがみつかせている悲しさ、小回りが利かない。

すでに道は工場区画からはずれ、住宅街に来ていた。ローライダーは次々と脇道《わきみち》に入っては、そのつどあたしたちを引き離していく。

「くそっ！　撒《ま》かれてしまった……！」

前後同時にブレーキングし、最小制動距離でマシンを停《と》めたレオン教官は、顔からむしり取った風よけゴーグルを路面に叩《たた》きつけた。はねかえって落ちたそれを、編みあげブーツの底で踏み砕く。

「……」

ふつっ、と張りつめていたものがとぎれ、あたしの両腕から力が抜けた。貧血を起こしたときのように、頭の芯が急激に冷えこんでいく。世界が回転し、鈍痛とともに自分の左半身が路面に激突する音を聞く。

「お、おい！　大丈夫か、ベクシル？」

スタンドを立ててバイクを停めたレオン教官は、あたしの脇《わき》の下に半身を入れ、立ちあがらせてくれた。

内臓を丸ごと吐きだしてしまいかねないような嘔吐感《おうとかん》。脳が頭蓋骨《ずがいこつ》からこぼれてしまいそうな重度のめまい。腕、腰、膝《ひざ》、それぞれの関節には熱い痛みのかたまりが宿っている。神経に悲鳴をあげさせずに動くことは不可能だった。

「あ……あたしは平気。そ、それより、あいつをっ……」

足を一歩前へ踏みだそうとして、膝がガくりと折れそうになり、レオン教官に抱きとめられる。

「やめるんだ。もう追撃のしようがない。気持ちはわかるが、今回は引き下がるしかない」

「ひ、引き下がるだなんてっ……！」

《見えざる焔》《インビジブル・インフエルノ》をこの手で捕まえないかぎり、あたしは永遠に負け犬のままだ！　そんなこと、承知できっこない！

「レオン教官……、バイクを貸して！　あたしはひとりだって追いすがって、あいつを……！」

「まだそんなことを言っているのか！　きみは今、自分がどんな状態なのかわかっていないのか！」

「これは……、あたし……個人の、神聖な戦いなの……！　こ……ここで、あいつを逃がしたら、あたしは——」

一発の銃声があたしの言葉を断ち切った。

「ぐっ……！」

レオン教官の苦悶《くもん》の声が聞こえた。あたしを支えてくれていたたくましい体が均衡《きんこう》を失い、横に転げる。必然的にあたしも派手に体の前面から路面に突っこんでしまう。

「……う、うう……」

砂利を嚙《か》む感触に続いて、舌の上に金属の味が乗った。口のなかを切ったらしい。

どうにか顔を横に倒し、息苦しさから逃れる。

ぼやける視界のなかに、片膝《かたひざ》と片手をつき、呪詛《じゅそ》の言葉をつぶやいているレオン教官の姿が飛びこんでくる。淡いナトリウム灯の明かりのもとでさえはっきり視認できる——その右太《ふと》腿《もも》が朱に染まっているのが。

こつ、こつ、こつ——響く靴音を視線が追いかける。距離およそ三十メートルほどをはさんで、漆黒《しっこく》のライダースーツがあたしたちに接近しつつあった。その右手に握られた銃口から、硝煙《しょうえん》がうっすらと立ちのぼっている。

しまった——ウラをかかれた！　一散に逃げに転じたと思わせておいて、不意打ちを食らわせる機会を狙《ねら》っていたなんて！

あたしのブルゾンの下のサイドホルスターには、鋼鉄の感触はない。拘留《こうりゅう》処分は三日で済んだけど、街中での発砲が適正だったかどうかについてはいまだ審議が続いており、あたしは銃を没収されたままだった。あたしには、あいつを無力化できる手段がない……！

「く、くそっ……！」

レオン教官は腰のホルスターに手をやり、抜き撃ちで反撃しようとした——刹那《せつな》、閃光《せんこう》がレオン教官の手元で弾けた。マズルフラッシュではない。《見えざる焔《インビジブル・インフェルノ》》がいち早く放った弾丸が、ＳＷＯＲＤ制式のオートマチックを弾き飛ばしたのだ。

銃は銀月にくるくると放物線を描き、路面に当たり、からからと回転し——あたしの手前、三十センチのところで静止した。

「……！」

死にものぐるいだった。あたしは両肘《りょうひじ》を使って三十センチの距離を稼ぎ、オートマチックの銃把《じゅうは》に指を通していた。伏せ撃ちの姿勢から目標をポイント。最後の力を振り絞り、引き金を絞ろうとして——。

「——」

そこまでだった。指先に神経が通わない。ほんの数オンスの力すら加えることができなかった。

腹の底に呼吸を落としこんでも、奥歯を食いしばっても——指先はただ小刻みに痙攣《けいれん》するばかりで、引き金の張力《プル》の前にはじかれてしまう。

《見えざる焔《インビジブル・インフェルノ》》は、あたしが銃口を向けた瞬間こそはびくっと身を凍らせたものの、それ以上のことはなにもできないと確信したらしく、悠然とした足取りで距離を詰めてきた。

その一歩一歩が、あたしの死のカウントダウンだった。

絶望感に胸がふさがっていく。ここが——ここが、あたしという人間の行き止まりなの……？

あたしたちにある程度接近したところで、《見えざる焰《インビジブル・インフエルノ》》は足を止めた。蛇《へび》が鎌首《かまくび》をもたげるようにしてその右手が持ちあがり、あたしの眉間《みけん》に銃口を据える。

「……!」

あたしが死を覚悟した、次の瞬間だった。

簡易催眠の余波か、引き延ばされた一秒のあいだ、複眼的にものを見た。

躍りかかるようにしてあたしの脇《わき》に滑りこんできたレオン教官。銃把《じゆうは》にかけたあたしの手の上から覆い被さる、節くれだった大きな手。銃声が二度、マズルフラッシュも二度、反動も二度。ダブル・アクションでの二連発。両の膝《ひざ》の皿から赤い花を咲かせ、前倒しに倒れる《見えざる焰《インビジブル・インフエルノ》》。からからと路上をはねまわる《見えざる焰《インビジブル・インフエルノ》》の銃……。

「ぐ、ぐあうっ……!」

レオン教官はみずからの右太腿《ふともも》に両手をあてがう。指のすきまからみるみる血があふれだしていく。おびただしいまでの出血だった。みずからのケガを顧みず、あたしに手を貸した結果、傷口が大きく開いたんだろう。

「レ、レオン教官! だ、大丈夫?」

「……あ、ああ。なんてことはない」

「なんてことはあるでしょ、じゅうぶん! は、早く手当てを……。そ、その無線で……」

安全装置をかけた銃をうっちゃらかし、震える指先を操り、レオン教官の左肩の無線機に伸

ばした。でもその寸前で、レオン教官はそっとあたしの肩を押し返した。

冷たい鉄の手触り。レオン教官があたしの手に電子手錠を握らせたのだ。

「きみにはそれより先にすべきことがあるはずだ。ちがうか？」

「……はい《イエッサー》、教官」

あたしは、両の手と両の膝《ひざ》を使って、ぺたんぺたんと這《は》い進み、前のめりに倒れ伏したままのライダースーツ姿へと近づいた。

雑草を引っこ抜くようにして、頭からヘルメットをむしり取った。

思いがけなくも、そこに知った顔を見いだし、あたしは息を呑《の》んでいた。

ベリーショートの髪、円環形のピアス、薄い唇、南部人的な骨格の顔立ち……。

「……どうにかこうにか、あんたの焔《ほのお》、消せたみたいよ。フランシス・レナード保安部長」

《見えざる焔《インビジブル・インフェルノ》》ことフランシスは、あたしの声に反応し、鼻柱に沿って顔を斜めに倒した。喉《のど》がごろごろと鳴り、力のない咳《せき》といっしょに半開きの口から血のかたまりを吐きだす。受け身も取れず危険な角度から倒れこんださい、そうとう強烈に頭を打ったらしい。

ありったけの力を振り絞り、のろくさと長い時間をかけ、やっとの思いで――黒のライダースーツの腕を二本まとめてうしろで絡めた。かちゃりと音が鳴る。その手首に鉄の輪がはまったのだ。

「やったよ……パパ……とうとう捕まえた……《見えざる焔《インビジブル・インフェルノ》》を……やっと……」

「――おい、ベクシル？　ベクシル、しっかりしろ！　お――」

レオン教官の声を聞きながら、スイッチを落とされるみたいに、五感が伝えるものがぷっつり途絶えた。

あたしの意識は、完全な暗闇《くらやみ》のなかへと墜落していったのである。

# 24

オノデラが残した物証と、あたしの供述から、ＦＢＩは捜査令状を裁判所に請求し、マクシミリアン・グループの暗部を暴きたてにかかった。

禁制とされている日本のテクノロジーをロボット開発に応用した容疑、ＬＡ《ロサンゼルス》市内の警備ロボットの思考プログラムを悪意をもって書き換えた容疑により、ロバート・ブラウン博士、オイスター・シュルツ博士をはじめとする、ロボット開発研究部門の人間がことごとく逮捕された。また、フランシス以下の保安部の人間は、その工作に手を貸していたものとして、これまた全員の手がうしろに回ることになった。

さらには、押収されたマクシミリアン・グループの資料から、《見えざる焔《インビジブル・インフエルノ》》ことフランシス・レナードの過去が割れた。

フランシスは、もとは海軍特殊部隊SEALSに所属する特殊工作員だった。爆弾工作の技術については、同部隊に所属しているあいだ、複数の優良な師から薫陶《くんとう》を受け、そこに自分なりの磨きを加え、完成形に至らしめたものらしい。

彼女は二十二歳から二十六歳までの四年間をSEALSで過ごし、その後は「一身上の都合により」退役――書類上にはそう記されている。そこから先、数か月ほどのブランクをはさみ、マクシミリアン・グループの保安部長として招聘《しょうへい》されている。

以後は五年にわたり、ロボット開発にとかく掣肘《せいちゅう》を入れてこようとする反ロボット協会やその後援者らに、《見えざる焔《インビジブル・インフエルノ》》として災厄をもたらしつづけた。

彼女には、海軍時代、日本のヨコスカ基地での勤務経験があった。そのあいだに日本の際立ったバイオテクノロジーなどを目の当たりにし、進化しつづける神・ロボットを信奉《しんぽう》する日本的主義に染まりきったのではないか、とFBIらはみている。それがゆえに、同じイデオロギーを持つマクシミリアン・グループの傘下《さんか》にすすんで入り、同グループの利益に沿わない団体らへの破壊工作を担当したのだろう。

マクシミリアン・グループの株価は一夜にして大暴落。市場に出回っていたマクシミリアン社製のロボットは一体残らず回収された。グループの会長兼CEO、グロム・バイロン氏は、事態の収拾がつきしだい、責を負って辞任する意向をマスコミに表明した。

だが、マクシミリアン・グループの名声は地に堕《お》ち、ロボット開発部には国連のロボット公正開発委員会の徹底捜査の手が入り、操業再開のめどは立たず、暴走ロボットで被害を受けた人々やその遺族に対する補償問題などが山積し、グループの三年以内の解体はまぬがれられないものと、経済評論家は各メディアで語っていた。

マクシミリアン・グループが出資していた犯罪シンジケートには、残らずガサ入れがおこなわれ、多くの逮捕者が出た。オノデラと組み、ＣＳＩヴァンを襲撃して二百キロものドラッグを奪った実行犯の四人も逮捕された。

彼らは麻薬ビジネスを基盤としながら、違法武器売買、臓器売買、売春の斡旋《あっせん》など、手広くシノギをおこなっていた。これからも逮捕者が続出するものとみて、ＦＢＩは鼻息を荒くしているらしい。

「ベクシル？　なにやってるの？」

気づけば、四時限目の終了を告げるチャイムが鳴り響いていた。訓練生たちはどやどやと席を立ち、働きアリが巣穴から出るみたいに、出口へと列をなしていた。

「いや、ちょっとね。先、帰っていいよ」

「そう……」

ファイルケースを小脇《こわき》にはさんだローラがあたしの机から離れるのを待って、ＡＬＴ＋Ｆ４キーで反射的に閉じていたテキストエディタを立ちあげなおす。

窓からは傾いた陽射《ひざ》しがさしこみ、教室をオレンジ色に染めていた。地鳴りのようなざわめきはすっかり消え、教室にはあたしひとりきりだった。

「ふあああ……」

あくびが出たついでに、伸びもいっぺんにしてみたり。

がらんとした教室に、あたしがノートPCのキーボードを打つ音だけが響く。

――あれから約二週間が経ち、あたしはＳＷＯＲＤの一訓練生に戻っていた。

アメリカのロボット産業界に激震が走る一方で、あたしの身のまわりにもいくつか変化があった。

まず、レオン教官が、三か月という赴任期間をまっとうしきらないうちに異動となり、ＳＷＯＲＤ本隊に戻った。どこかで開かれたなにかの会議で、そういうふうに決まったのだろう。

あたしもまた、明日に査問会を控えていた。前にダグラス大尉らに受けたような略式のものではなく、サンタモニカの本部にまで出頭し、ＳＷＯＲＤ法務部《Judge Advocate General》っていうごたいそうな名前の部署によって、じかに処分を言い渡されることになる。ただ、それまでは一般の訓練生として講義に出席して構わない、とのお達しだった。

ただ、出席するもなにも、脳波増幅装置なしに簡易催眠に入ったことで脳の興奮物質が異常分泌され、あたしはあと一歩でロボトミー手術を受けなければならないほどにまで脳をやられていた。投薬の結果、どうにか脳にメスを入れられずには済んだけど、あたしはまるまる一週間入院生活を送らなければならなかったのだった。

それもこれも、あのロボット軍団を相手にまわしたせいだ！　パパのことといい今回のことといい、あたしの人生、とことんロボットに祟《たた》られてる！

結論！　あたしはロボットなんて嫌いも嫌い、もう大嫌いだっ！

コンコン。ふいにノックの音がした。

ぴくんと顔をあげたあたしの目に、開け放たれた入り口ドアの桟《さん》に立ちつくす人影が映った。

「久しぶりだな。あの大捕り物の夜以来か？」

「レオン教……いや、中尉！　ど、どうしてここに……」

レオン中尉はふっと笑った。編みあげブーツの靴音を響かせ、教室内へと入り、ゆっくりとあたしの席まで近づいてくる。少しだけだけど、右足を引きずっている。

「ケガ、大丈夫なの？」

「ナノマシンを駆使した再生医療技術の賜物《たまもの》だ。歩行にはそれほど支障はないし、あと二、三日すれば走れるようにもなるそうだ」

「そう……」

「ところで、ライアン少尉から聞いたぞ。きみはあれからすっかり心を入れ替え、おとなしくなったんだってな。講義では教官の揚げ足を取ることもなくなり、模擬演習ではブリーフィングで打ち合わせたとおりの作戦行動を遂行するようになった、と」

「別に、それは……」

「きみが辞める必要はない」

「……え？」

心臓が、跳ねた。

レオン中尉は、卓上のあたしのノートPCの上端をつかみ、ディスプレイを自分のほうにねじ向けた。

『除隊願い　私ベクシルはSWORD士官候補生としての身分を返上したく、ここに一筆したためる次第であります。除隊を願い出る理由として、自分が組織というものになじめず、他の訓練生たちとも打ち解けられず――』

「あっ！　ちょっと！」

あたしの抗議の声を無視し、レオン中尉はBSキーを押しこんで、あたしがタイプした文章を右から左へと消していった。

「きみのことだ。辞めさせられるよりは自分から辞めよう、なんて考えを抱くだろうと思っていた」

「……。なんかね、もう面倒くさいんだよね。SWORD内の政治力学とかってのは。あたしはSWORDを離脱してまでひとりで突っ走ったけど、けっきょくひとりじゃなんにもできなかった。最後はあんたに助けられて、《見えざる焔》《インビジブル・インフェルノ》をどうにかふん捕まえることはできたけどさ。この一連のできごとを通じて、痛感したんだ。あたしがいると、あんたたちが作ってる和を乱す。だから、あたしは正式にＳＷＯＲＤを去ろうと……」

「いいや、それはちがうな。きみは単に、逃げようとしているだけだ。そういった態度は、ただの甘えであり、卑屈《ひくつ》なおもねりであり、身勝手きわまりない居直りだ」

「えっ……？」

　見当もつかないような方向から殴られたような、そんなショックに襲われる。

「自分の胸に聞いてみろ。ＳＷＯＲＤを辞めてしまって、本当に後悔しないのか？　きみは以前こう言ったじゃないか。たとえ《見えざる焔》《インビジブル・インフェルノ》という敵がいなくなっても、自分はアイデンティティを喪《うしな》わないと。お父上の意志を受け継ぐため、正義をなすために、ＳＷＯＲＤ隊員になるんだと。あの言葉はウソだったということか？　それともきみは、お父上とよく話しあったうえで、除隊願いを出すことに決めたのか？」

「う……ううん。そうじゃない。あくまであたしの一存だけど……」

　この二週間、パパやママとの音信は途絶えてる。《見えざる焔》《インビジブル・インフェルノ》との死闘についても、あたしが入院したことも、なにも知らせてない。

　ただ、ニュースで大々的に報道されたから、《見えざる焔》《インビジブル・インフェルノ》が逮捕されたことはパパもおそらく耳にしてるだろうけれど……。

「ＳＷＯＲＤ隊員、か……」

つぶやいた言葉が、舌の上に苦い余韻を残す。

ＳＷＯＲＤを辞める。それがあたしなりのけじめのつけ方だ。でも、辞めたあとの展望がまるで見えない。大学を受験しなおして国家公務員をめざすか。自分への回帰をはかるため、しばらくウォークアバウトの旅に出るか。はたまた、パパの故郷フランスへ留学するか……。

「そして、本当に辞める必要があるのは、きみではない。——この俺《おれ》だ」

「……え、ええっ？」

「俺は、組織の一員であるべきという自分の信念を曲げ、我を貫くきみを助けた。ＳＷＯＲＤの中尉としての分《ぶん》を越え、ＳＷＯＲＤを逃亡したきみに肩入れし、きみを救うためにＳＷＯＲＤの一部隊を独断で動かした。その責任を取らねばならない。きみの査問会が終わりしだい、俺はＳＷＯＲＤ上層部に除隊願いを出すつもりだ」

「な……。ど、どうして？　どうしてそんな……」

穏やかならぬ話の風向きにじっとしていられず、机に手をつきながらよろよろと立ちあがった。あたしより頭ふたつ高い位置にあるレオン中尉の目は、どこまでも澄み切っていた。

「法務部の友人からさりげなく聞きだしておいた。査問会のことなら大丈夫だ。きみはマクシミリアン・グループの暗闇《くらやみ》を暴き、アメリカのロボット産業界を救った。さらには、ＦＢＩ十大犯罪者リストの一翼、《見えざる焔《インビジブル・インフェルノ》》を捕まえた。多少のお小言はもらうかもしれんが、悪事の芽を摘むことに情熱を傾けすぎた、若さゆえの暴走、ということで済むはず。むしろ、上層部の人間はきみに好意的だ。あのルイ少佐の娘が、とうとう父の仇《かたき》を討ったとな。まちがっても辞めさせせられるような事態にはなりはしないさ」

「あ、あたしのことなんかどうだっていい！　な、なんで……なんで……」

そう言ったっきりで言葉が出てこない。い、いや、言いたいことなら山ほどあるんだ。でも、それらの言葉がいっぺんに喉《のど》に押し寄せ、せめぎあってて……！

「な、なんであんたが辞めなきゃならないの？　そんなのおかしいよ！　ＳＷＯＲＤ上層部からなにか言われたの？」

「そういうわけじゃない。ただ、あらゆる行動を感情の支配から切り離すことを求められているはずのＳＷＯＲＤ隊員が、きみというひとりの訓練生に傾倒しすぎたことは事実なので、訓練教官は罷免《ひめん》になった。処分としてはそれだけだ」

「だ、だったら……」

「前にも言ったと思うが、俺はきみと共に捜査することで、きみに『組織』『集団』について教え諭し、人と和することについて範を示すつもりだった。ところがどうだ。俺のほうが自分の主張を曲げてしまい、きみが『個人』として《見えざる焔《インビジブル・インフェルノ》》と戦うのを助けてしまった。これではきみに見本を示すどころじゃない。きみを指導する立場にある人間として失格だ」

「で……でも、あんたがＳＷＯＲＤを動かしてくれなきゃ、あたしはなぶり殺しにされてたよ！　あんたはあたしの命を救ってくれたじゃない！」

レオン教官はただ静かに、首を左右に振った。

「どんな言葉を重ねようと、ただの言い訳にしかならない」

「ダメだよ、ダメったらダメ！」

あたしは自分でもびっくりするぐらいの大声を出していた。

レオン中尉……いや、あたしにとっては、師であり、先生であり、教官だ。だからあえて「レオン教官」って呼ぶ。

斜に構えていたあたしを理解しようと歩み寄ってくれて、あたしのわがままな主張による捜査に協力してくれ、最後には自分の立場を危うくしてまであたしの窮地を救ってくれた。

そんなレオン教官は、あたしにとって、他の誰にも代えがたい、特別な男性だ。

「だ、だったら、あたし、辞めるのをやめる！　だから、教官も辞めないで！」

その言葉が口をついて飛びだしていた。

遅れて、とまどいが胸に満ちた。

え……？　あたし、今なんて言った……？

「なに……？」

レオン教官ははじめて感情を動かされたかのように、軽く目を見張った。

「あたし──あたし……」

息が詰まった。感情が高ぶりすぎて、軽い過呼吸に陥っていた。

「あたし、あんたのいないＳＷＯＲＤには未練を感じない。でもあんたがＳＷＯＲＤの一員でいてくれるなら……、あたしも、本当の意味でＳＷＯＲＤの一員となれるよう、努力できる。ううん、努力してみせるよ！」

「ベクシル……」

「あたしも——認めるよ。ホントは、とっくに気づいてたってこと。あたしが教官たちにとって、どれだけひねくれていて、鼻持ちならなくて、驕慢《きようまん》な人間だったか。でも、パパに対して報いてくれなさすぎるＳＷＯＲＤにあたしは腹を立ててたから……。それでもあたし、あんたには、いろんなあたしを見せてきて……。なんてか、こう、不遜《ふそん》に聞こえるかもしれないけど、こういう頼れる相棒ってのも悪くないかなって思った。それに、あたしがＳＷＯＲＤを飛びだしたのは、あんたへのアンチテーゼだよね。あんたには本当のあたしを見抜かれていて、でもあたしはそれを認めたくなくて……。でも、今のあたしは、そういうありのままのあたしを受け入れて、新しい自分に生まれ変わりたいって思ってる。だから、あんたが辞めないでいてくれるなら……あたしは……きっとちがったあたしに生まれ変われるから……」

それまでせき止めていたなにかがはずれたかのように、言葉がひとりでに走りだしていた。

砂時計の砂がゆっくり落ちるのを眺めるような、そんな沈黙が、あたしたちのあいだにぶら下がった。

「……弱ったな。俺《おれ》がNOと言えば、SWORDは永遠に優秀なひとりの隊員を手に入れ損ねることになってしまうのか」

ややあってから、レオン教官は苦り切ったようにそう言った。

「そうでしょ！　だから、あんたも、そんなかんたんに辞めるなんて言わないで！　あたし、二十歳になったら、なにがなんでも試験にパスして、あんたと肩をならべて戦うSWORD正規隊員になってみせる！　だから、お願い！」

「……ずるいな、きみは。そうまで言われたら、ますますNOと言えなくなる。きみはそれも計算に入れてるんだろう？」

「ずるくてもなんでも構わない！　あんたが辞めるなんてこと、あっちゃいけないんだから！」

「だが、ここであらためてきみに問おう。――二十歳の女性がこれまでにSWORD正規隊員の試験に合格した前例はない。最年少の記録でさえ二十四歳だ。仮に合格して正規隊員になれたとしても、まず定年を迎えることはできん。はっきり言えば、二十年後にきみが生き残っている確率は二〇％もない。SWORD隊員の死にざまはさまざまだが、主には殉職であったり、ストレスによる心臓発作や、鬱《うつ》病による自殺であったり。ここで引き合いに出すのは憚《はばか》られるが、それこそきみのお父上のような目に遭わされたり。いっそ大学を受験しなおしてNASAの宇宙飛行士になったほうが、確実に金も名声も手にできるぞ。きみはまだ若く、優秀で、いくらでもやり直しが利くのだから。それでも、きみはこちら側の世界に来たいというのか？」

「そんなもの、入隊時に誓約書を書いたときから決めてる！　あたしは一歩も引かない！」

あたしのめいっぱいの叫びが、人気《ひとけ》のない教室にこだましながら、じょじょに小さくなっていった。

レオン教官のいかめしい表情にはしばらく変化がなかった。

やがて、レオン教官はぷっと噴きだし、口元をほころばせた。白く丈夫そうな歯がのぞく。

「……はは」

「ど、どうしたのよ」

とくんと、あたしの心臓が甘くうめく。意外な一面をのぞいた気分だった。知らなかった——こいつって、こんなふうにも笑えるんだ……。

「いや。はは……自分で言ってて、おかしくなった。望むならもっとマシな職業について、安穏《あんのん》と生きることもできたのにな。なんだって俺はＳＷＯＲＤの隊員なんかになってるのかな」

「わかんないの？　そんなの決まってるじゃん」

あたしはにやりとした。

「なんだ？」

「――バカだからよ。あたしと同じで」

「……ははは」

レオン教官は、腹を抱えて笑いだした。笑いが伝染した。あたしもくすくすと笑いだした。くすくす笑いはどんどん大きくなり、ついには大笑いとなった。

「いいだろう。ぜひきみに、前人未踏の記録を樹立してもらおうじゃないか。俺《おれ》はそれを見届けるため、ＳＷＯＲＤに残ろう」

「うんっ！」

どちらからともなく手をさしだしていた。あたしとレオン教官は、がっちりと握手を交わした。

――もしこれから先、あたしが少しはマシな人間に生まれ変われるなら、それはこの人に出会ったからだ。

レオン教官はにっこり笑っている。あたしは、その笑顔に吸いこまれていく自分を感じていた。

もしかして。

あたし、この男に惚《ほ》れてるのかも――。

――なんて思うのは、まちがいなく気のせいであり、十中八九カンちがいだ。

でも――。

この男とだったら、そういうカンちがいに陥るのもありなのかも。
夕陽はどこまでも柔らかくあたしたちを照らしていた。

# あとがき

皆様、はじめまして。

このたび、今夏に全国ロードショー、さらには海外五十か国以上で上映される超大作ＳＦアクションアニメ映画、『ベクシル』のノベライズを手がけさせていただきました、谷崎央佳《たにざきおうか》です。

いちおう断っておきますと、むくつけき男です。女性ではないのでご注意あれ。

この『ベクシル』プロジェクトにつきまして、憚《はばか》りながら少しばかり触れておきたいと思います。

幸い、曽利文彦《そりふみひこ》監督、ならびに製作委員会様のご厚意で、小説版は非常に自由気ままにやらせていただきました。

曽利監督はとても笑顔の素敵な方でした。打ち合わせの席におきまして、駆け出しのヒヨッコにすぎない私にこの上なく紳士的な態度で接してくださった時のあの感激は、今もこの胸に焼きついております。『アップルシード』『ピンポン』などですでに業界に確固たる地位を築いておられ、私から見れば雲上人《うんじょうびと》のような方にもかかわらず……。

監督から映画作品『ベクシル』に込めた熱い想いを直におうかがいし、「絶対に失敗できない！」といやがうえにも当方も意気込まさせられました。とはいえ、自分はまだまだ矮小《わいしょう》で未熟な書き手でしかなく、その意気込みが十分の一でもこの原稿に反映できているのかどうか。


なにはともあれ、この小説が、映画『ベクシル』の観客動員数に少しでもプラスに働くことを願ってやみません。もちろん、映画を鑑賞されたのち、小説版に興味を持っていただいたという方がいらっしゃれば、私としては万々歳だったりします。寄らば大樹の陰（卑屈）。

これまでに、さまざまな方より、有形無形のご指導・ご支援をいただきました。僭越《せんえつ》ながら、この場を借りてお礼を申しあげさせていただきます。

いかにして筆力を高めるか、自分を鍛《きた》えるか、その術を私に徹底的に叩きこんでくださった、冲方丁《うぶかたとう》先生。ならびにTOEの柴田維様へ。深甚《しんじん》なるお礼を申しあげます。

当方の拙《つたな》い小説に心のこもったイラストを描いてくださった緒方様へ。本当にどうもありがとうございました。

野島けんじさん及び友人一同へ。辛いときに私を支えてくださってありがとうございます。どうか今後とも変わらぬ友情を。

迷惑かけっぱなしの家族及び親戚方へ。不甲斐《ふがい》ない身内ですいませんが、どうか見逃してやってください。そのうち部屋を片づけますから家から追いださないで。

最愛の母へ。天国ではお達者でいらっしゃいますか。少しはあなたに顔向けできる人間になれたのならいいのですが。

今回、私に筆を執る機会を与えてくださった、小学館担当のY様および曽利監督へ。本当にありがとうございました。私は現状に甘んじることなく、どこまでも自分を磨《みが》き続けます。今後ともどうかよろしくお願いいたします。

最後に、この本を手に取ってくださった読者の皆様方へ。最大級の感謝を捧げます。

どうか何卒《なにとぞ》、末永いお付き合いをお願いいたします。

それでは。

谷崎央佳

# GAGAGA

## ガガガ文庫

# ベクシル ~My winding road~

**谷崎央佳**

発行　2007年7月23日　初版第一刷発行

発行人　辻本吉昭

発行所　株式会社小学館
〒101-8001 東京都千代田区一ツ橋2-3-1
［編集］03-3230-9166　［販売］03-5281-3556

カバー印刷　株式会社美松堂

印刷·製本　図書印刷株式会社


Printed in Japan　ISBN978-4-09-451019-5

# ぼくらの

## 〜 alternative 〜②

**著／大樹連司《おおきれんじ》　原作・イラスト／鬼頭莫宏《きとうもひろ》**

定価 630 円（本体 600 円）

上空を切り裂いて突如出現する全長 500m のロボット《人形》。48 時間以内に「敵」に勝たねば地球は滅亡する。操縦師は 14 人の少年少女。勝利して戦闘が終わるたび、順番に命を奪われてゆく。月刊 IKKI 連載作品「ぼくらの」アナザー地球《オルタナティヴ》編、待望の第２巻登場！

# 鬼器戦記《ききせんき》

**著／渡辺仙州《わたなべせんしゅう》**

イラスト／Ryp《りぷ》
定価620円（本体590円）

死者の怨念の集合体「鬼龍」と闘うことを義務づけられた「操鬼師」の家系にうまれた夏樹。そんな夏樹の前に現れた少女・春花は「今日から私がおまえの姉だ」などと言うが……。終わりなき戦闘という宿命を負った少年と少女が自らの存在を問う青春ストーリー！

GAGAGAGAGAGAGAGAGAGAG

# 携帯《けいたい》電話《でんわ》俺《おれ》

**著／水市恵《みずいちけい》**

イラスト／なぽる
定価 600 円（本体 571 円）

目覚めると俺は携帯になっていた。しかもその使用者は俺（の偽物？）！誰も俺の叫びには気づかない。やっと話のできるやつに出会えたと思ったら、それは“ザム”と名乗るカブトムシ。俺は元の身体に戻れるのか!? 第１回小学館ライトノベル大賞・佳作受賞作。